ご縁食堂ごはんのお友

仕事休みは異世界へ

日向唯稀

SKYHIGH文庫

目次

大神《おおがみ》狼《ろう》
大和《やまと》大地《だいち》
未来《みら》
ご縁食堂
ごはんのお友
キャラ紹介
イラスト 鈴木次郎

烏丸《からすま》
ドン・ノラ
ごうちゃん＆えっちゃん
狸里《まみさと》＆鼓《つづみ》
孤塚《こづか》

大和大地《やまとだいち》

高級マーケット「自然力」の社員。
素朴と生真面目を絵に描いたような青年。最近、萌えが加速中。

大神《おおがみ》 狼《ろう》

「飯の友」店主。実体は狼。寡黙だが物事をよく見ている。
“旨味三昧”を愛してやまない男。

未来《みら》

実体はニホンオオカミの子。でも豆柴にしか見えない。
おいしいごはんと大ちゃんが大好き。

孤塚《こづか》

歌舞伎町のホストで、実体は狐。
印象はチャラいが性格は悪くない。案外面倒見がいい。

烏丸《からすま》

実体は鴉。大神の補佐。

えっちゃん & ごうちゃん

双子の狼ベビー。
姉は永《えい》は勝気で、弟の劫《ごう》は大人しい性格。

ドン・ノラ

イタリアンバルの店主。実体は、ホンドオコジョ。
何をするにも派手。

狸里《まみさと》 & 鼓《つづみ》

狸リーマンの二人組。
フツメンの狸里を鼓は尊敬して慕っている♡

ご縁食堂
ごはんのお友
仕事休みは異世界へ

1

八月も下旬に入った週末。

実家のある北海道《ほっかいどう》の大学を卒業して上京。社会人となって二年目を迎える大和大地《やまとだいち》は、入社後病欠以外では初めてと思われる三連休の二日目を、旧《きゅう》・新宿門衛所《しんじゅくもんえいじょ》から通じる狭《はざ》間世界《ませかい》で迎えた。

大和の勤め先は、有機食材をメインに扱う高級スーパー〝自然力《しぜんりょく》〟新宿御苑前店《しんじゅくぎょえんまえ》。仕事柄もあり、土日祝日に休みが取れることは年に数えられるほどしかない上に、それでも連休となると、平日でもなかなか取れずにいた。

最近まで、ことあるごとに他者のシフトの穴埋めやサポート要員として出勤、残業することが多く、休みはあっても飛び飛びだったり、また代休さえうまく消化しきれずにいたのだ。

それだけに、週末・連休というだけで、感極まりない。

ぼぅ～っと空を見上げているだけでも、不思議なくらい心身共に満たされた。

（ああ――。なんて穏やかで、ゆったりとした気分なんだろう。やっぱり病欠とかの理由もなく、正々堂々ともらった三連休って違うな〜。しかも、店長と海堂《かいどう》さんから頼まれてチェンジした休みが、たまたま従来の休みとくっついて土曜から月曜までの三連休って、神がかってるとしか思えない!!）

しかも、これといった趣味もなく、仕事ばかりだった大和が一つの出会いをきっかけに行き来をすることになったこの場所は、彼にとっては優しさが溢《あふ》れる夢のような世界だった。

目の前には、木漏《こも》れ日を受けてキラキラと輝く川が流れ、周囲からはどこからともなく小鳥のさえずりや悪戯《いたずら》なリスが小枝を渡って葉擦れを起こす音が心地よく聞こえる。

人の手により作られた機械音もなく、あるのは自然に生息するものの音だけだ。

ただ、これらだけなら、夢のような――とまでは思わない。

こうした風景だけなら、それこそ大和の職場や住居の目と鼻の先にある新宿御苑でも、それなりに味わうことができる。

視界に入る高層ビルや行き交う車のエンジン音など気にしなければ、また自《みずか》ら意識し、こうした場所に足を運びさえすれば、都会生活であっても自然に触れ合うことが不可能ではないからだ。

では、いったい何が大和に夢のようなとまで思わせるのかといえば――。

「大《だい》ちゃん。せっかく来たのに、お魚、ちっとも釣れないね」

　とうとう我慢ができなくなったのだろう。ぼやいた年中の園児ほどの男の子、つぶらな瞳が愛くるしい未来《みら》のような存在だ。

　両手でしっかり握りしめた釣り竿《ざお》を揺らす未来の頭には、犬のような耳がピョコン、お尻には感情と共にフリフリされる尻尾《しっぽ》がついている。

「あんあ〜ん」

「きゅおんっ」

　しかも、そんな未来と大地の間には、豆柴《まめしば》の赤ちゃんにしか見えない姿をした未来の妹と弟、双子の永《えい》と劫《ごう》が伏《ふ》せており。その鳴き声は、まるで「つまんなーい」「釣れなーい」と言っているようだ。

　ただ、未来も永と劫も、金茶の毛色やその幼い体型、仕草《しぐさ》から、豆柴に見えてしまうが、実際はニホンオオカミの子。

　人間界と神々が住む世界の間に存在するという狭間世界には、こうした本来の獣姿から耳と尻尾を残した獣人姿、また完全な人間の姿へと変化《へんげ》することのできる妖力を持った種族がいるのだ。

　まさに〝夢〟のようだ。

「そうだね。でも、そういうこともあるよ。そしたらもう、お昼ご飯というか、おやつというか。お弁当にしようか」

三連休の初日となる昨日は、未来たちの運動会で、今朝は疲れて朝寝坊。

なので、遅い朝食を少しとってから「よし、遊ぼう」「行こう！」と川まで来て釣りを始めたのが、すでに昼近くだった。

しかし、そこからかれこれ三時間近く経《た》っている。

最初は期待に胸が膨《ふく》らみ、針に餌をつけるだけでキャッキャした。

どちらかの竿が引っぱられようものなら、「大ちゃん！　来た来た」「未来くん！　頑張って‼」と大騒ぎ。

引き上げてみたら枝だった――とわかっても、残念がりつつ「今度こそ！」と、希望を持ってはしゃぎ続けられた。

が、待てど暮らせど、その後も小魚一匹かからないとなると、さすがに気分はただ下がりだ。

それなら大量を期待しすぎた釣りはオマケとし、今日のメインイベントは川辺のご飯タイムとするほうがいいだろうと、大和は考えたのだ。

「わ～。大ちゃん、食いしん坊さん」

「未来くんだって！　釣りに行くのかピクニックに行くのかわからないくらい、狼《ろう》さんにあれこれおねだりしてたじゃない」

「へへへっ。だって、お外で食べるのおいしいんだもん！」

「そっか。そう言われたら、そうだよね。なら、準備のお手伝いをしてくれる？」

「はーい」

大和は早速釣り竿を片づけて、背負ってきた籐籠《とうかご》を手に移動した。

その傍らで、未来は川に浸《ひた》しておいたリンゴジュースの一リットル瓶《びん》を取り出し、大事そうに持ってきてくれる。

「冷えてる冷えてる～」

両手で瓶を抱えた未来が、ニッコリ笑って、尻尾を振った。

大和が川縁《かわべり》から少し離れた平地にシートを敷《し》くと、今度は永と劫がすかさず隅を咥《くわ》えて、広げようとしてくれる。

二匹ともまだヨチヨチしているので、シートを引っぱるも、草に四肢《しし》を取られてしまっているが、その懸命さが愛くるしい。

（みんな、可愛い！）

大和は永と劫に「ありがとう」と言いつつ、一緒にシートを広げた。

そして未来たちの叔父《おじ》であり、この世界での食事処《しょくじどころ》〝飯《めし》の友《とも》〟を営《いとな》むオオカミ店主・狼に作ってもらったお弁当入りのバスケットを取り出す。

これを見ると、未来や永と劫だけでなく、大和も一気にテンションが上がった。

大和が蓋《ふた》を開くと、中には〝外でも食べやすいように〟と気遣って作られただろう、クラブハウスサンドが入っていた。

「わ！　美味しそう」

軽くトーストされた三枚のパンの間には、塩こしょうと香草が効いたローストチキンに目玉焼き、チーズにレタスにベーコンなどが盛りだくさんに挟《はさ》み込まれて、崩《くず》れないように薄紙で包まれている。

「やったー！　未来がお願いしたのが、全部入ってる〜っ」

――と、そんなときだった。

川上から飛んできただろう小鳥が、急に側まで来て、未来に話しかけるようにさえずった。

「えー。そうだったの⁉　それじゃあ、釣れないか〜」

「何、どうしたの未来くん」

「あのね。お魚さんは川上にいる熊さんが、お昼前にざぱーん、ざぱーんってやったんだって。それでお魚さんもどっかに隠れちゃったたって」

小鳥からもらった残念情報に未来の耳が垂《た》れるが、これを聞いた大和は一瞬にして鼓動が跳ね上がる。

「え？　未来くん。それは知床《しれとこ》のごく一部のヒグマが鮭《さけ》を獲るみたいに、川魚を獲っていったってこと？　ってか――、そもそもここって熊が出るの⁉　それってヒグマ？　ツキノワグマ？　まさかエゾヒグマじゃないよね？」

伊達《だて》に〝熊出没注意〟の看板を見て育ったわけではない。

都会では夢物語なのか、同僚たちに話をしても軽く笑われ、流されることが多いが、相手は野生の猛獣だ。動物園のパンダとはわけが違うし、大和からすればパンダだって注意するべき立派な熊だ。

大和は反射的にクラブハウスサンドを置いて、代わりに両脇にいた永と劫をガバッと抱《かか》えた。

「出る？　普通に住んでるよ～。何グマさんかはわからないけど。あ、いた！」

「――‼」

ただ、「未来くん、今すぐ逃げるよ」と言いかけたときには、未来が大和の背後を笑顔で指差していた。

（えええええっ！）

こうなったら、下手に動けない。

（いや、でも。ここの熊さんってことは、妖力持ち？　ちょっと怖そうでも、兄貴さんみたいな感じ？）

大和は少しでもいいように考えたくて、歌舞伎町界隈《かぶきちょうかいわい》を縄張りにしているヤクザだが、超がつくほど可愛い子（主に仔犬や子狐）好きな兄貴の姿を思い浮かべた。

　間違いなく人間だと思われる兄貴には失礼な話だが、まだ会ったことのない熊の変化した姿を想像しようとすると、大和には大柄で強面《こわもて》な彼しか浮かばなかったのだ。

「こんにちは～」

　ただ、そんなことを考えながら、少しでも冷静になろうとしている大和をよそに、未来が熊に向かって手を振り、声をかけた。

「うわっ、未来く――っ⁉」

　今にも悲鳴が上がりそうだったが、未来の声かけに喜び勇んで寄ってきたのは、なんとも愛らしい子熊。それも、よく見れば魚を咥えている。

　雰囲気だけで判断するならば、永と劫より少し大きいくらいの月齢だろう。

　しかし、問題はその子ではない。

（ちょっと待って！　ご本体姿だよ⁉　それも子熊ってことは、絶対に近くに母熊がいるよね？　しかも、母子セットって、一番母熊が警戒心剥き出しの過激モードになるパターンじゃないか！）

　最近ではすっかり忘れていたが、大和の脳裏では、幼少時に最初に読み聞かせられたデフォルメさえされていない実物写真で作られた、熊の絵本が捲《めく》られていた。

　中でも子熊を死守しようとしたときの母熊の恐ろしさは、嫌というほど聞かされて。

それを寝際《ねぎわ》に思い出すと、必ずおねしょをしていたくらい、今にしてみれば幼少時のトラウマだ。

大和の背に冷や汗が伝う。

永と劫を抱えた両手に自然と力が入る。

だが、側へ寄ってきた子熊と話を続ける未来は、どこ吹く風だ。

「――え？　熊さん、お魚くれるの？　あ！　わかった。狼ちゃんのサンドイッチと交換してほしいんだね！　いいよいいよ！　未来たちはお魚が欲しかったから。ね。大ちゃん！」

「う、うん」

同意を求められて返事こそしたが、まるで状況が飲み込めない。

そんな大和の両頬には、永と劫が「大丈夫？」と言いたげに、ふにふにと肉球を押し当ててくる。

「はい。未来はまた作ってもらえるから、大っきいままあげるね」

すると、未来が子熊に自分のクラブハウスサンドを差し出した。

こうしたところは永と劫のお兄ちゃんだ。

自分よりも年下とわかる子熊に対しての接し方が、とても優しい。

（え？　物々交換？　っていうか、ここの熊はサンドイッチを食べるの⁉　そりゃ、人間のように変化できるとはいえ、サンドイッチを作ってくれるオオカミや、それを包んでバスケットに詰めてくれる鴉《からす》がいるんだから、むしろ雑食の熊がサンドイッチを食べるくらい不思議なことじゃないけど……。ん?)

などと思っていると、背後にぬっと立つ巨大な生き物の気配を感じた。

子熊の様子を見ていたらしい母熊が、本日の獲物なのか、鮭を待って姿を現したのだ。

これこそ北海道土産《みやげ》でよく見る、鮭を咥えた木彫り熊だ。

ただし、ここの熊は小脇に鮭を抱えて二足歩行だったが――。

(ひぃ――っ!!　どうして?　なんで?　個体差があるとはいえ、よりにもよって大柄タイプ!)

これにも大和は悲鳴を上げそうになった。

しかし、人間は心底から驚き、恐怖に駆《か》られると、声も出なければ、まともに息もできないらしい。大和はすっかり固まった。

だからといって、このまま死んだふりなどしても、環境省自然環境局野生生物課の鳥獣《かんきょうしょうしぜんかんきょうきょくやせいせいぶつかちょうじゅう》保護管理室《ほごかんりしつ》の担当者に言わせれば、「それで無事だった例があるのかもしれないが、根拠がないので推奨《すいしょう》はしない」だ。

死んだふりで助かった人がいるのは、たまたま、偶然、奇跡的にということで、実際はあてにならないのだ。

（ん？）

ただ、硬直状態で動けなくなっている大和の前で、すでにぬいぐるみのように座ってクラブハウスサンドを食べ始めていた子熊が、まるで「ママも食べな」と言うように、差し出した。

すると、母熊が立派な鮭を未来に渡して、子熊の隣に座る。

そして、受け取ったクラブハウスサンドを器用に分けて、子熊と一緒に食べ始めた。

もはや夢というよりは、お伽噺《とぎばなし》か童謡のような光景だ。

（嘘……。めちゃくちゃお行儀がいい。ってことは、仮に変化をしても、人間界での職業がヤクザでオラオラはありえないってことか）

だからというわけではないが、大和は無意識のうちに兄貴を熊以上の獣だと決めつけていた。

完全に、失礼に失礼を重ねている。

「ウ……、ゥォォォォ〜ッ」

それでも、突然自分の背丈ほどありそうな母熊に声を上げられたら、ビビるしかない。

「た、足りなかったら僕のもあげて。未来くん！」

思わず叫んで、母熊相手に愛敬を振りまいた。

「わ！　やったね、熊さん。狼ちゃんのご飯はおいしいもんね。大ちゃんがこれも食べていいよって。よかったね！」

「オォ～ッ」

「ピャー」

ただ、自分の分まであげたおかげか、大和は嬉しそうな母熊と子熊にぺこりと頭を下げられた。

（あ……、あれは〝美味しい〟とか〝ありがとう〟っていう感激の叫びだったのか。しかも、ピャーって。子熊、はしゃぐと可愛い）

摩訶《まか》不思議な光景ではあるが、喜んで頬張る熊の母子をみていると、少しずつだが緊張が解けてくる。

（それにしても、嬉しそう。狼さんのご飯パワーってすごいな）

大和はその後も熊親子が食べ終えて立ち上がるまで、永と劫を抱えたままジッと様子を眺めていた。

熊たちの去り際に、永と劫が子熊と挨拶《あいさつ》をしたいとアピールしてこなければ、そのままだったかもしれない。

「あんあん」

「きゅおん」

「ピャッ」

子小熊とじゃれながら「ばいばい」「またね」とやっている永と劫を見て、またそれを優しく見守る母熊を見て、大和はやっと呼吸が回復し、身体にも血が回り始めた気がした。

「はーい！　ありがとう‼　今度はお店においでよ！　狼ちゃんのご飯は、もっといっぱいあるからね！」

「オォォ〜ッ。ウォォォ〜ッ」

再び未来に手を振られると、熊たちは一声上げて森の奥へと去っていく。

ようやく大和も、ホッと胸を撫で下ろす。

その場に置いていかれた鮭と川魚を見ながら、今になって（え⁉　鮭？）と驚くが、四季も旬《しゅん》も度外視なのが、この狭間世界だ。

狼から借りてきた華奢な釣り竿では、まず釣りようのない大魚だけに、ここはもうありがたくいただいておくしかない。

「今のは〝わかった〜。そうしたら、日を改めて行くよ〜〟みたいな感じ？」

大和は未来に熊との会話の内容を確認した。

今後お店で会うことがあれば、ビビらずにお礼がしたいと思ったからだ。

「う〜ん。ちょっと違う。あの熊さんは妖力が弱くて、たま〜にしか変化ができないんだって。お話もうまくできないし。だから、また会えたときに、お魚と狼ちゃんのご飯を取り替えてくれたら嬉しいわ〜って」

　すると大和は、また一つ、狭間世界のことを知った。

「そうなんだ。一言で〝変化〟といっても、そこまで妖力や能力が違うんだね」

　確かに言われてみれば、これまでに大和が〝飯の友〟で出会ってきたオオカミ、鴉、狐、狸《たぬき》だけを比べても妖力が違う。

　何気なく周りを飛んでいる小鳥たちに関しては、変化したところは見たことがない。

「妖力は種族だけでなく、その一族によっても違うから、弱い強いだけでなく、変化ができたりできなかったりなんだって。でも、狼ちゃんは、そんなの関係なくみんな仲良くしようねって」

　これも、この世界ならではの助け合いなのだろうか？

　大和は未来の話を聞くと、狼の教えが嬉しくなった。

「それより大ちゃん！　お魚！」

　未来が自分の背丈の半分もありそうな鮭を抱えて、大喜びで尻尾を振る。

　先にもらった魚も、すでに着ていたオーバーオールのポケットだ。

「うん。早く持って帰ろう」

「あん！」

「おん！」

　――と、ここで永と劫が急に吠える。

見れば、バスケットの中に小さくカットされたサンドイッチが残っていた。

「あ、その前に。えっちゃんとごうちゃんが、サンドイッチを食べようって。ちっちゃいけど、未来と大ちゃんにもどうぞだって！」

「え⁉　僕らにもくれるの？」

しかし、これはサイズを見てもわかるように、狼が二匹用にわざわざパンの耳をカットし、やわらかい部分に噛み切りやすいタマゴだけを挟んだベビー用。

二匹が大和や未来と同じものを食べる雰囲気を味わうためだけに作られた、タマゴサンドだ。

「一緒に食べるほうがおいしいからだって！」

まだまだ小さい未来の掌に載ってしまいそうなそれを「どうぞ」と言われて、大和は驚いた。

だが、永と劫は尻尾をフリフリしながら、「食べよう」「食べよう」とアピールしてくる。

「あ、ありがとう。未来くんもだけど、永ちゃんと劫ちゃんもすごく優しいね」

なので、ここはお言葉に甘えて、大和も小さなそれに手を伸ばした。

四センチ四方程度のサンドを二つに分けて、未来は永と。大和は劫と分けて、改めて「いただきます！」をする。

「おいし〜。熊さんがいるときに、一緒に食べればよかったね。そしたらきっと、もっと

た。

おいしかったよね」

一口で食べ終えてしまうほどだが、だからこそ大和はタマゴサンドをゆっくり噛みしめた。

「本当だね。美味しかった！　ありがとう」

すぐに飲み込むのがもったいなかったが、未来には返事を、そして永と劫には感想とお礼を言うために、大和はそれを胃へ落とした。

（本当にそう。狼さんが作ってくれる食事は、どれもこれも美味しい。けど、こうして一緒に食べて喜び合える未来くんたちがいるからこそ、余計にそう感じるんだろうな）

その後は瓶入りのリンゴジュースを分け合って、テキパキと後片づけをして、〝飯の友〟へ戻ろうとなった。

しかし、いざ帰ろうとしたときには力尽きたのか、永と劫は寝てしまった。

結局、大和の背負い籠に入って、家路を辿ることになった。

＊＊＊

そろそろ四時を回った頃だろうか？

大和たちが川から戻ると、こぢんまりとした日本家屋の食事処〝飯の友〟の前では、烏《からす》丸《ま》が知り合いらしき鴉と何やら話していた。

「あ、お帰りなさい。ずいぶんゆっくりされているので、今様子を見に行ってもらおうと思っていたんですよ。——あ、もういいですよ。ありがとう」

「カァ」

気がつくと、すぐに声を発して、呼び止めていたらしい鴉を放つ。

漆黒《しっこく》のスーツにソムリエエプロン姿が様になる彼は、見た目二十代半ばの男性だが、本体は鴉だ。

〝飯の友〟では接客係を担当し、同時に営業中は店内の座敷にセットされたサークル内で寝かされている永と劫の子守もしている。

人間への変化は狭間世界のみでしかできないが、鴉姿のときにはどこにいても大きさを三段階で変えられるという能力の持ち主で。

それこそ普段を小サイズとするなら、中サイズになれば本体に戻った未来を、また、大サイズになれば、大和をも乗せて飛べる。

この妖力と、それ以上の面倒見のよさもあってか、野生鴉のリーダー的存在でもあり、新宿界隈の空では鳥内《ちょうない》会長も務めている。

「そうだったんですね。ご心配をおかけして、すみません」

「見て見て、からちゃん！　大量だよ」

大和が頭を下げるそばから、未来が鮭を見せる。

「それは——、え⁉　あの竿で釣られたんですか？　というか、そんなに上流まで行かれていたんですか？」

出るときに釣り竿を用意してくれたのが烏丸だけに、見せられた鮭には混乱気味だ。

「違うよ。熊さんがサンドイッチと取り替えっこしてくれたの！　狼ちゃんのご飯、おいしかったから、また取り替えてねって言ってた」

「——ああ。それで、こんなに大きな鮭を」

「だから未来と大ちゃんは、お腹ペコペコ～。狼ちゃん！　ご飯ある？」

捲《まく》し立てるように話す未来の説明で、大方は理解したようだ。

先に店内へ入ってしまった未来の後ろ姿を見ながらも、

「ようは、ご自分たちのお弁当と鮭を交換してしまったと」

大和にもお昼を食べていないことを確認してきた。

「すみません。せっかく作っていただいたのに。でも、永ちゃんと劫くんがタマゴサンドを分けてくれたので、味見はしました」

「あれを分けたんですか？　というか、すみません！　重かったでしょう」

しかも、背負い籠の中でぐっすり寝ている永と劫に気づくと、慌てて大和を店内へ誘導した。

そして、客席が五人程度のカウンターに、四畳程度の座敷があるだけの店内へ入ると、烏丸はすぐに大和の背から籠を下ろした。

永と劫が起きないように気をつけながら、まずは座敷へそっと置く。

「そんなことはないですよ。重い魚は未来くんが持ってくれたので。あ、狼さん。ただいま帰りました」

「お帰り」

大和は永と劫を烏丸に任せて、未来から鮭を受け取っていた狼に声をかけた。

普段から着流しにたすきがけで板場に立つ彼は、未来たちの叔父でこの〝飯の友〟の店主。後ろで一つに結《ゆ》わえた長い髪も印象的な、変化時は三十代半ばに見えるイケメンだ。

第一印象、どんな高級料理屋の店主か職人かと思うような品や風格を感じさせるが、作る料理は家庭的な品が多い。

また、自ら「何だかんだ言っても俺は食えればなんでもいい獣舌《けものじた》だから」と言うだけあって、趣味は人間界の企業努力の結晶――調味料集め。

中でももっともリスペクトしているのが〝めんつゆ〟だ。

烏丸に言わせると「塩やみりん、酒や砂糖にハマって集めてきたこともある」らしいが、あるとき「全部程よく混ざったものがあるじゃないか！」と気づいて、以来めんつゆ愛が発火し、現在も炎上中だ。

そして、これと同じほど愛してやまないのが、アミノ酸系の旨味調味料。

仕上げにパッパするタイプの〝旨味三昧《うまみざんまい》〟という粉末で、昔から一家に一つは置かれていそうな、定番の品だ。

そのせいか、大和にとって〝飯の友〟は、かなり実家の味に近い品が多い。

しかし、だからといって惜しむことなく手間暇をかけて作られる一品一品は、やはり店の味だ。

気配りの行き届いた烏丸の接客まで含めて、今では時間さえあれば出向く憩いの場。

その上、最近では未来たちの子守を口実に、寝泊まりまでさせてもらっていた。

こうした展開まで含めても、大和にとっては夢のように素晴らしく、また心と身体にエネルギーをくれる世界なのだ。

「かえって大変な思いをさせたみたいで、すまなかったな。未来たちはともかく、川上の熊と鮭を交換したって。大丈夫だった――、わけがないもんな」

鮭を持って調理場に入ると、狼が中からおしぼりを差し出してくれた。

さすがに未来とは違って、いきなり熊と遭遇《そうぐう》した大和が、どれほど恐怖したのかは察してくれている。

「大丈夫です。最初は確かにビックリして、腰が抜けるかと思いましたが。すごく礼儀正しい熊さんたちだったので」

「そうか——。なら、よかったが。あ、すでに晩の仕込みが終わっているから、もらってきた鮭は明日に出すとして。あり合わせでいいなら、今でも軽く用意できるが？」

しかも、一番肝心な空腹具合まで察してくれて——。

「本当ですか。時間が半端で申し訳ないんですけど、できたらお願いしたいです。実は、もうお腹がペコペコで」

大和は狼こそが神じゃないかと思いながら、オーダーしてしまった。

「狼ちゃん、早く～っ。未来、今ならお鍋ごと食べられる～っ」

すでにカウンター席へ座っている未来も、時間度外視でおねだりだ。

「しょうがないな。まあ、寝坊したとはいえ、朝飯も軽くだったからな。それをあのタマゴサンド一口で埋めたんじゃ、かえって腹が減っただろう」

そんな未来を見て、クスリと笑う。

それから狼は、いったん大和たちに背を向けると、軽食に必要な食材を用意しに、調理場の奥、食材置き場へ姿を消した。

そして、戻ってきたときには、乾燥パスタを手にしている。

「スパゲティだ！」

「本当だ。何味になるんだろうね。楽しみ」

大和は声を上げた未来の隣へ座ると、ワクワクしながら作業を見つめた。

ジッと見られているのは恥ずかしいのか、狼が「遊んでていいぞ」と言ったが、ついつい未来と一緒になって見てしまう。

（――わ～。何気なく、あるものを組み合わせているけど、これって今夜の仕込み分？常備菜？　昨日の運動会でもたくさんのお弁当を作って、狼さんだって絶対に疲れているだろうに――）

あまりに食い入るように見ていたためか、背後では座敷のサークルに永と劫を寝かしつけた烏丸が、必死で笑いを堪《こら》えている。

そうして、狼が湯を沸かすところから始めて十分後――。

「できたぞ。量は控えめにしておいた。あと、もらった小魚のほうだけは、今塩焼きにしてるから」

大和と未来の前には、小盛りのパスタセットが置かれた。

「やった！　お肉が入ったスパゲティだ」

メインはパセリと香草・塩こしょうで味つけられたローストチキンがたっぷり使われたパスタ。

付け合わせ兼サラダには、ミニトマトとペコロス（プチオニオン）と芽キャベツのピクルス。彩《いろど》りだけでなく、すべての具材がコロコロしているので、それがまた目を惹く。

また、スープはパスタの味つけにも使われているだろう、鶏ガラ出汁《だし》をベースにしたもので、千切りの人参と白菜が入っている。

建物の雰囲気や狼の出で立ちから、一見和食専門にも見える〝飯の友〟だが、こうして出てくる料理は日によっていろいろだ。

狼が好奇心旺盛《おうせい》かつ研究熱心なのもあるが、未来や常連客たちのリクエストに応《こた》えるうちに、出せるものなら出すという食事処になったらしい。

こうした客への気遣いが、訪れる者にとっての、癒《いや》しにもなっているのだろう。

「これって、クラブハウスサンドに入っていたチキンですね。美味しそう！　いただきます！」

「わーい。いただきまーす」

言うと同時にフォークを手に持ち、大和は未来と一緒に細めのパスタを頬張った。

（すごい。すごいよ、狼さん！　待ちがほぼパスタの茹で時間だけで、こんな立派なセットができちゃうなんて！　ローストチキンの皮はパリパリのままだし、肉汁はじゅわっとしつつもパスタに絡んで口の中いっぱいに広がるし。パスタ用に足しているニンニクも、いっそうチキンの味を引き立てて。しかも、そこまで酸っぱくもないピクルスが箸休めに最高！　野菜の千切りスープも、スッキリさっぱりで、何もかもがいい！）

これなら普通に一人前あっても完食してしまうだろうが、それではすでに用意しているだろう晩ご飯が入らなくなる。

大和だけなら、それでも食べてしまいそうだが、ここは未来に合わせるで正解だ。

「大ちゃん、狼ちゃんのご飯おいしい！」

「うん。本当。最高！」

大和からすれば、狼の食事だけでも十二分に満たされるが、そこへ未来の笑顔が加わるのは、やはり何よりのスパイスだ。

それこそ物心ついたときから慣れ親しんでいるはずの旨味三昧も、今の未来の笑顔と「おいしいね」には敵わなそうだ。

「「ご馳走様でした！」」

そうして、ほぼ同時に食べ終えると、大和と未来は空になったお皿に向けて、「いただきます」同様、両手を合わせた。

「は～。満足――っ⁉」

だが、大和が習慣で上着のポケットに突っ込んでいたスマートフォンの着信音が鳴ったのは、このときで――。

「あ！」

先に未来から声を上げられ、反射的に大和の肩がビクリとする。

恐る恐るポケットから取り出してみると、画面には〝自然力〟と表示されていた。

連休に浮かれつつも、急な呼び出しの覚悟はしていたが、それでも実際に電話が入ると

「やっぱりか」と呟《つぶや》きそうになる。

「大ちゃん？」

「ごめんね、未来くん。狼さんも、すみません。ちょっと電話に出てきますね」

「――ああ」

大和はカウンター席を立つと、スマートフォンを手に外へ出た。

（最近なかったから安心してたけど、バイトやパートさんの気紛れなドタキャンじゃないといいな。かといって、誰が急病でっていうのも、それはそれで大変だけど）

店の引き戸を閉めると、即座に通話をオンにする。

「もしもし、大和ですが。――え、白兼《しろがね》店長？」

大和は電話に出るまで、かけてきたのは副店長の海堂だろうと、思っていた。

最近こそ、急な穴埋めや残業を大和にばかり頼ることは減ってきたが、それでも必要とあれば三回に二回は「申し訳ない！」と言って頼んでくる。

ただ、これは何をするにも的確にフォローができる社員自体が限られているので、仕方がない。

大和自身、「ごめん」でも「ありがとう」でも一言あれば、そこまで嫌な気はしないし、むしろ昨日の運動会のように、どうしてもというイベントでもなければ、できる限り都合はつける。

しかし、この場に電話をかけてきたのは、そんな海堂に「大和にばかり頼るな」「カバーは俺がする」「万が一足りなければ、他店舗から応援を呼ぶから安心しろ」などと言ってくれた店長の白兼だ。

この店長という肩書は、オープンして半年も経たない新宿御苑前店を軌道に乗せるまでの一時的なもので。実際は、社長の共同経営者として〝自然力〟を立ち上げた、まだ四十になるかならないかの若き専務だ。

いずれは店長を海堂に任せて本社に戻ることになっている、見た目も中身も素晴らしいインテリジェントなイケメンだ。

——が、それだけに大和は、いつになく緊張しながら彼の話に耳を傾けた。

「え、誤発注？　店長が？　海堂さんや深森《みもり》じゃなくて、店長がですか⁉」

すると、大和はまったく想定外だった話を、心の底から申し訳なさそうに説明されて、反射的に聞き返してしまった。

〝本当に、面目《めんぼく》ない〟

余計に声を落とされてしまったが、これで大和は「店長が本当に誤発注をした」と理解した。

ただ、こうなると別の意味でドキドキしてくる。

白兼ほどの者がミスをするなんて、よほど体調が悪かったのだと思ったからだ。

「いえ、そんな！　僕に謝らないでください。それよりお加減は大丈夫なんですか？　体調が悪かったのなら、もっと早くに言ってくだされぱよかったのに……」

　これだけはあってほしくないが、大和はこの電話も実は病院から戻ってきたばかりなんじゃ？

　シフトを揃えたら、すぐに病院へ帰って入院なんじゃ？　まで考えてしまった。

〝そう言ってもらえるのは嬉しいが、今回はうっかりというか、よそ見というか。完全に俺自身のミスだ。まったく不調がない分、逆に申し訳ないんだが〟

　白兼の声が、ますます落ち込んだ。

　見なくても、ガックリ肩を落とした大和は安堵し、また胸を撫で下ろした。

　しかし、こうなって初めて大和は安堵し、また胸を撫で下ろした。

　――そうか、本当にただのミスなんだ！　と。

「とんでもない。それならよかったです。ホッとしました。店長の体調が優れないよりは、うっかりミスのほうが何十倍もいいですから」

〝……大和〟

　大和は力強い口調で思いを伝えた。

　これはこれで白兼のダメージが増えていそうだが、それでも大和の名を漏《も》らした声色や語尾からは、嬉しそうなのが伝わってくる。

「僕のほうは都合がつきますので、明日は朝番から入ります。なんなら、これからでも行けますが」

大和は、この際だし、今夜のうちから人手がいるなら——と、自ら申し出た。

〝ヘルプを要請しておいて何だが、予定は大丈夫なのか〟

「はい。どうしても無理だったのは昨日だけで、今日もゆっくりしましたので」

〝ありがとう。助かるよ。そうしたら、悪いが今からもう準備をするので、来てもらえると助かる。今日明日お願いする代わりに、明後日の火曜は早番で昼まで。水曜は遅番ってことで、まずは一日分休めるように調整をする。もちろん、後日きちんと代休も用意するし。なるべく大和の定休に合わせて、連休が取れるようにもするから〟

すると、白兼はこの場でシフトを組み替えて、大和に出勤を頼んできた。

こうしたことが即決できるのは白兼ならではだが、それでも彼がこうまでして人手を欲しがる状況なのだと思えば、大和も張り切らざるを得ない。

逆に、せっかくの休みなのだから——と、気を遣われて。休み明けの出勤で「大変だったんだぞ〜」などと、海堂から聞かされた日には、今の白兼以上に落ち込む自信がある。

それほど今の大和は、高揚していた。

着信表示を見た瞬間からは、考えられないほどだ。

「お気遣い、ありがとうございます。では、今から準備しますので」

〝よろしく頼むな〟

「はい！」

そうして通話を終えると、大和は手にしたスマートフォンを握りしめながら、店内へ戻った。

「すみません。仕事が入ってしまったので、今から行ってきます」

「え〜。大ちゃん、お泊まりは？　明日はちょっと遠くの森まで大冒険じゃないの？」

――やっぱり⁉　とは思っていただろう。

それでも、力いっぱい残念がる未来が可愛い。

「未来」

すかさず狼が注意をしようとするが、そこは大和自身が自ら「説明しますので」とアイコンタクトを送る。

「ごめんね。急なんだけど、今日と明日でたっくさんのプリンを売らないといけなくなっちゃって」

「たっくさんのプリン⁉」

「そう。注文数を間違えちゃって。未来くんが大好きな〝ぷちん〟ってするのじゃないんだけどね。でも、ノーストレスな大自然で育った鶏の産みたて卵と牛のミルクで作られた、牧場直結の工場から直送される濃厚なカスタード焼きプリンだよ。未来くんにはカラメルがほろ苦いかもしれないけど、それがまたプリン自体の甘みとマッチしていて、大人の味なんだ」

大和は休日の予定を楽しみにしていた未来には、きちんと理由を話したかった。

経緯を説明したところで、幼い未来にどこまで通じるかはわからないが、今は「仕事」の一言ですませたくなかったのだ。

「お、大人の味？」

とはいえ、未来が反応したのは、プリンそのものにだった。

大和も、意識してそこを強調した自覚はあったが、「大人の」というワードには、耳と尻尾が同時にピクンと反応していた。

興味津々《しんしん》なようだ。

「そう。だから、僕も買ってくるよ。こんな特価で買えることは年に一度もないプリンだし。せっかくだから、みんなで食べよう」

「本当！　そしたら、明日のお仕事が終わったら、来てくれるの？」

「うーん。そこは、明日にならないとわからないからな——。あ、でも。代わりに火曜の午後から水曜の夕方までお休みをもらったから、火曜には来るよ。そこでよければ、お泊まりも冒険もできる」

しかも、こうして話をしていて、大和はハッとした。

白兼自身に特別な意図があったのかはわからないが、その場でシフトを変更してくれたことで、大和は未来に余計な期待や残念な思いをさせずにすんだ。

また、ここで未来と約束したことで、大和自身も今後の予定を明確にできるし。それこそ、よほどの急病人でも出ない限り、休みは休みとしてしっかりもらえる。

「やった！　そしたら今日が日曜日だから～。二つ寝たらプリンとお泊まりと大冒険ね！　約束だよ」

「うん！」

こうして大和は、次回の来店を明後日の午後と決めた。

「大和さん。荷物を持ってきましたが、これだけでしたか？」

烏丸が、いつの間にか母屋《おもや》に取りに行ってくれていたリュックを受け取り、中に入れていた着替えなどを確認すると、「はい」と答えながら背負った。

「何から何まで、すみません。それじゃあ、昨日今日と、本当にありがとうございました。楽しかったです。ご馳走様でした！」

狼や烏丸に改めて礼をしてから、未来と「またね」をして、〝飯の友〟をあとにする。

「結局大和さんは、もともと働くのが好きな方ですよね」

店からまっすぐに人間界へ走っていく大和を見ながら、烏丸が呟く。

「それもあるが、きっと職場もいいんだろう」

狼はニコリと笑って返事をすると、

「さてと。未来、鮭を捌《さば》くぞ」

「待って、狼ちゃん。小さいほうのお魚――、囲炉裏《いろり》で焦《こ》げてる！」

「――あ」

思いがけない失敗をしてしまい、魚拓《ぎょたく》が取れそうな姿になってしまった魚を前に、肩を落とすことになった。

2

狭間世界から人間界へ通じる出入り口の一つ、旧・新宿門衛所の通用口のような門を通り抜けると、大和は自身が勤める高級スーパー〝自然力〟新宿御苑前店へ向かった。

一階部分の軒先にイートインスペースを設けた店舗が入る七階建てのマンションは、旧・新宿門衛所から道路を挟んだ角地に建っており、それこそ五分とかからずに行き来ができる。

また、店から新宿御苑の大木戸門《おおきどもん》方面に十分も歩けば、大和の自宅マンション。普段なら、一度は帰宅をしてから出勤するところだ。

しかし、今日はことがことなので、そのまま店へ向かうことにした。

大和はマンション脇に回ると、店舗専用の通用口から、更衣室にさえ寄らずにバックヤードにある事務所へ進む。

その間も、慌ただしく動く社員たちを目にするが、手にしているのはカスタードプリンではない。

おそらく、今現在店頭に出せる冷蔵商品をできるだけ並べてしまうか、逆に引っ込めてしまうことで、できた空きスペースに届いたプリンを仮置きしているのだろう。

見ただけでも、新店舗オープン前日かというような慌ただしさを感じる。

(なんか……、想像していた以上の事態?)

これなら店から入って、乳製品などの冷蔵コーナーの状態を先に見てくればよかったと思った。

「おはようございます」

「あ、大和。おはよう」

「おはよう。早速来てくれてありがとう。ずいぶん早かったけど、家にいたの?」

それでも大和が声を発して事務所へ入ると、デスクや金庫などが置かれた一室には、大和の同期入社で同い年の女性・深森と店長の白兼がいた。

主に要冷蔵品の棚を担当しているのが深森なので、対策を練っていたのだろうが、これまでにない緊迫した空気を感じる。

「いえ。たまたま近所に住む友人のところに。なので、そのまま、まっすぐにここへ」

「そうか。せっかくの休日だっていうのに、本当にごめんね。あ、先にタイムカードを押して、深森に説明してもらって。着替えはそれからでもいいから。俺は、ちょっと社長に電話してくる」

「はい」

目の前に固定電話があるにもかかわらず、慌ただしく出ていく白兼を見送りながら、大和は備えつけられたタイムカードを先に押した。

(社長にとはいえ、かなり個人的な会話になるってことかな)

いつもならロッカールームで制服のエプロンを着けてから押すのだが、このあたりは白兼の気遣いであると同時に、すぐ仕事に入ってくれという意味だろう。

「じゃあ、深森。ロッカーへ行くから、手短に説明を頼める？」

「了解。でも、まずはものを見たほうが、状況も把握しやすいと思うわよ」

「――そう。わかった」

深森に誘導されるまま、大和は大きな物置がそのまま冷蔵庫になっているような、プレハブ式冷蔵庫へ向かった。

生鮮のバックヤードや鮮魚、精肉の作業場には、専用の冷凍冷蔵庫が備えられているので、ここは店内商品のストック及び仮置き用だ。

三畳程度の広さだが、普段から深森が整理整頓に目を光らせているので、人が楽に出入りし、作業ができるようになっている。

「これよ」

「え？　えええっ！」

断熱扉を開けると同時に、冷蔵庫の出入り口を塞《ふさ》ぐ勢いで詰め込まれたカスタード焼きプリンのダンボール箱に、大和は思わず声を上げた。

冷蔵庫の中がまったく見えない。

まるでダンボールを開封したときに、びっちりと商品が詰まっている状態だ。

「聞くと見るとじゃ違うでしょう。驚くわよね。けど、通常三日に一度に、十二個入りが五箱程度届くプリンが、いきなり二百五十箱届いたときの私たちのビックリには、多分敵わないと思うわよ」

「二百五十箱？　え？　五しか合ってないよ？　ってことは——、プリン三千個⁉　そうでなくても、一個で三人分はある大きさのプリンが三千個⁉」

「それも届いてから、まだ一時間も経ってないし、ここに置ききれない分は生鮮の冷蔵庫にも仮置きさせてもらっているわ。というか、誰よりも衝撃を受けていただろうさなかに、瞬時に数と冷蔵庫の容量を比較して、振り分けを指示してきた白兼店長が、やっぱりすごいわ～。しかも、ぴったり！　さすがよね」

乾いた笑いしか浮かばない深森が扉を閉めると、二人は話を続けながらロッカールームへ移動した。

その間も大和は、最初に彼女たちが対面しただろう、プリンの総体積を計算し、また想像している。

（一個のプリンが、約16×11×7センチの角形のアルミ容器入り。それがひと箱十二個入りだから、だいたい32×33×14センチ。で、単純にこれを二百五十個積み上げていくとしたら、僕の背丈で可能なのはせいぜい十五段程度だから、一段を4×4の十六箱として、ざっくり計算すると128×132×210センチ‼　さっき会った熊さんよりデッカい！）

いくら三畳部屋ほどの大きさがある冷蔵庫とはいえ、中にはもとから入っていた商品で七割は占められている。

そこへ突然――となれば、確かに一時的にだとしても、詰め込んだらパンパンになるだろう。

しかし、こうなると問題は売り場のほうだ。

小出しにするのか、冷蔵品用の棚の大半をプリンで埋めるのか？

それにしたって限界はある。

同じ誤発注でも、常温保存の品なら、まだよかっただろうに――。

（でも、今夜のうちに少しでも他店舗へ振り分けられれば、どうにかなる数か？）

大和は、まだやりようはある！　と、ロッカーの扉に手をかけた。

「あ、ちなみにあれが配送されたのは全店舗。各店舗ごとに三千個だからね」

そこへ深森がふふっと笑いながら、絶望的なことを言い放つ。

「はっ⁉　全店……？　ってことは、誤発注って白兼店長が――じゃなくて。白兼専務がしちゃったってことだったの？」

ここへきて、大和は白兼の発注権が他の店長たちとは違うことを思い出した。

別に忘れていたわけではないが、勝手に誤発注がされたのは、うちだけだと思い込んでいたからだ。

「そういうことかな。まあ、おかげで今現在、〝自然力〟は全店舗でプリンフィーバー中。消費期限があるから、店頭に出せてもせいぜい明後日までだし。かといって、いきなり今から全店舗で大安売りじゃ、すでに今日買ってしまったお客様に申し訳がない。だから今日は準備万端整えて、閉店時間まで店内でお客様に告知宣伝。明日一気に片づけるつもりで勝負しようっていうのが、紫藤《しどう》社長の即決指令よ」

どうりで白兼が、大和にまで電話をしてきたわけだった。

今現在、何がどう進んでいるのかさっぱりわからないが、すでに戦いは始まっていたのだ。

「……紫藤社長直々の指令か。まあ、こればかりは、さすがに白兼店長も社長に決定を求めるよね。今の自分に冷静な判断ができるとは思わないだろうし。普段から、過信はしない人だから」

「うん。それでも社長は、〝やらかしたのが、お前でよかった。これが一社員だったら、逆にアフターフォローに困るところだ〟って笑ったそうよ。ただ、店長からしたら〝馬鹿野郎！　お前がそんなんでどうする‼　示しがつかないだろう〟って怒鳴られたほうが、まだ生きた心地がするって言ってたわ。本当、いっそ体調が悪くてのミスだったほうが、どれほどよかったか――って」

それにしたって、ここまでくると、笑いながら説明するしかない深森と気持ちは同じだったのだろう。

ことが大きすぎて、そうとしか言いようがなかっただろう社長・紫藤の気持ちが、想像できる。

むしろ、最初にこの事態を知ったときに、彼ならやはり大和と同じ発想になったのではないかと思えたので、尚更だ。

「でも、社長のことだから、白兼店長の体調不良とかが原因じゃなかったからこそ、笑って頑張ろうになっただけじゃないかな？　あとは、いつも白兼店長がしっかりしすぎていて、隙がないから。こういううっかりミスもするんだって、ちょっと安心したとか」

大和は下ろしたリュックをロッカーにしまうと、代わりに店のロゴが入った明るいグリーンのエプロンを身に着ける。

これこそが大和にとっては戦闘服だ。

「かもね」

大和の勢いにあてられたのか、深森も後ろで一つ結びにしていた長い黒髪をキュッと縛り直した。

そうして「よし」と勢いづけて、ロッカールームを出たときだ。

「深森！　あ、大和も来てくれたのか！」

いつにも増して大股でドカドカ歩いてきた副店長・海堂が足早に寄ってきた。

学生時代から空手をやっているという彼は、それこそ先ほど出会った熊にも負けず劣《おと》らずの筋肉質な体型で、性格も熱血体育会系。

だが、三十半ばの妻子持ちで、家ではまだ小さい子供たちにデロデロなパパらしい。

「はい。おはようございます」

「わ！　海堂さん。なんか、いきなり張り切ってません？」

深森が聞くと、海堂がいきなりズボンの後ろポケットから、スマートフォンを取り出した。

普段ならロッカーに入れることが決められているが、今はそれどころではないのだろう。

この分だと、店長同士での情報交換もされていそうだ。

「そりゃ、白兼店長の一大事だからな。まずはうちで完売しなかったら、男が廃《すた》るだろう。ってか、こんなことでもなかったら、日頃からの恩返しができない。何より、今さっき社長直々に〝悪いができる限り頼む。俺も明日は本店に立つから、全員で力を合わせて乗り切ってくれ〟っていうお願いメールが各店舗の頭に届いてだな。俺たちはもはや、我が殿に先鋒《せんぽう》を任された戦国武将さながらよ！」

何やら普段以上に熱くなっている海堂が、そう言ってスマートフォンの画面にメールを出してきた。

するとそこには、確かに社長から白兼には黙って送られただろう一斉メールがあった。

これには大和も、自然と胸が熱くなる。

確かに今回は自分の片腕である白兼のミスだが、紫藤はこれが誰のミスであっても、同じ対応をする男だろうと、大和は思っていた。

ミスを責めるよりまず先に、自ら解決に動く社長だと。

ただ、そうは信じていても、実際にそれを目の当たりにすると、気持ちが違った。

こんなに感動かつ、高揚《こうよう》するのだと我が身で知ったのだ。

「社長自ら店頭に立つんだ！　そりゃ、張り切るしかないか。そうでなくても、今の幹部や店長クラスは、〝自然力〟立ち上げからのオープニングスタッフだし。中には、紫藤社長や白兼店長を追いかけて転職してきた、幹部もいるって聞くしね」

どうやら深森も気持ちは同じようだ。

気合を入れ直したところへ、更にやる気が増しているのがわかる。

「でも、それだと明日の本店は、麻布《あざぶ》のセレブマダムと女子中高生が溢れて、かえって大変なことになるかもね」

こんなことを言っている場合ではないとわかっているのに、大和の口からは不思議なほど冗談めいた言葉が気負いなく出てきた。

するとこれに深森が続き、海堂が続いた。

「それを言ったらうちだってそうじゃない？　店長がレジに入ったとたんに、会計が終わって帰りかけていたマダムたちが、いっせいに買い忘れを口にしながら、レジへ並び直すんだから」

「大変だ！　そしたら、プリンが足りなくなるかもな！」

そして、こんな三人の熱のこもった盛り上がりは、十分もしないうちに店内の社員とバイトやパートたちにも広がっていった。

＊＊＊

翌日、月曜日。

文字どおり、山ほど積まれたカスタード焼きプリンは、開店と同時に通常価格の三割引き、一個税込七百円、三個セットだと更にお得な税込二千円で販売がスタートされた。

前日の夕方から各店舗で特売の告知をし、またホームページやＳＮＳなどでも案内をしまくり、なおかつ従業員も個々で口コミをした。

とはいえ、各店舗に三千個は伊達ではなかった。

そもそも一人の買い上げ単価がそれなりにあるとはいえ、一日の来客平均だけで見るなら、千人前後の中型店舗だ。

来客も平日となると、千人に届かないことのほうが多く、仮に一人が三個セットを購入してくれても、売り切れるとは限らない状態だ。

その上、このプリンは一個がすでに三人前ある。

賞味期限を考えたときに、よほどのプリン好きか家族が多いか、もしくは友人知人に配るでもない限り、三個セットを買うのは勇気がいるだろう。

ましてや、品がいいとは言っても、庶民価格とは言いがたい。

少なくとも大和は、もらって食べたことはあるが、買っては食べたことがない品だ。

同じ値段を出すなら、ケーキを買ってしまいそうな、なんとも自分にとっては微妙な贅《ぜい》沢品《たくひん》なのだ。

ただ、この大和の感覚とは真逆なところに、白兼の危惧《きぐ》はあった。

そもそも〝自然力〟は、高級スーパーだ。

初号本店が麻布の住宅街にあるような店なので、普段から「大特価」やら「赤字覚悟」といった投げ売りみたいなものとは縁がない。

当然、そうしたことを求めて買いに来る客層でもなく、近所の女子高生、中学生が立ち寄るにしても、惣菜コーナーで買った軽食をイートインスペースで味わいつつ、同時にお洒落《しゃれ》やインスタ映《ば》えするブランド感を楽しんでいるような店なのだ。

そうなると、これまでに作り上げてきた店のイメージやら信頼やらを裏切ることなく、いかにしてお洒落なマルシェでお値打ち価格なプリンを買っていただくかということに、とにもかくにも頭を捻ることになる。

ようは、ＳＮＳなどでたまに見る「誤発注してしまいました。助けてください！」と泣きつく的な方法は、看板に傷をつけかねないのでできない。

もっとも、それを説明する前に、すでにアルバイトたちが大盛り上がりで拡散希望してくれてしまったが……。

それでも初見のお客様を含めて迎える店側、白兼としては、普段どおりの小洒落た雰囲気と品格だけは、絶対に守りたかったのだ。

（なんか――、今朝までバナナの叩き売りみたいなのを想像してたんだけど。雰囲気が、クリスマスイブくらいな感じの程よい賑《にぎ》わいだ。けど、過去の販売数を熟知《じゅくち》していて、余らせることなくチキンを売るのと、何でもない日の三千個プリンとでは、重圧が違いすぎる。今にも、お願い買って！　って叫びたくなるのは、きっと僕だけじゃないはず！）

それでも、自ら築《きず》き上げてきた店のブランドイメージを守ることに徹《てっ》する白兼の根性と執念は、凄《すさ》まじいものがあった。

プリンを出入り口付近の惣菜コーナーや、冷蔵コーナーに集中させて、大量ながらも美しく陳列。

軒下のイートインスペースまでレジを広げて、まるでケーキショップの新作イベントのようにリボンやバルーンでお洒落演出をした。

誰の目から見ても「赤字覚悟の叩き売り」は連想させない。

だが、九時の開店からすでに六時間が経っていたが、まだ千個売れたか売れないかというのが現実だ。

普通に考えれば、これだって普段の十倍は売れているのですごいことだが、残りのプリン在庫を見ると、誰もが気が遠くなっても不思議でない。

しかも、これから買い物客のピーク時間が来るとしても、閉店時間までは残すところあと六時間だ。

これにはさすがの白兼も真っ青になっていても不思議でない。もはや彼は自腹も覚悟の上か!?

今もマイペースな接客を、客と大和たちに披露《ひろう》し続けている。

（あ！　でも。今、ニコッと笑って、三個セットを勧めた！　しかも、しっかり売っている！　そうか!!　今日の白兼店長は狐塚《こづか》さんなんだ。甘えられるとわかっている常連マダムには三個セット売り！　場合によっては、スペシャル笑顔と甘い囁《ささや》きで、お友達やご近所さんにもいかがですか？　と、六個売りまでしちゃうんだ！　それにもかかわらず、冷凍保存は味を損《そこ》ねるので勧めませんは、しっかり言ってる！　すごいっ‼）

湧き起こる不安から、ついチラチラと白兼を見ていた大和は、妙な悟《さと》りを開いた気になった。

今一度気合を入れ直して、店頭に立つ。

「ちわーす。なんか大変だって聞いたから、買いに来たぞ」

「‼」

ただ、偶然とはいえ、脳内で勝手に比較対象にしていた歌舞伎町の売れっ子ホスト・狐塚本人から声をかけられて、大和は心臓が止まりそうになる。

見た目、三十前後の彼は、今日も白のスーツにグレーのシャツ。金髪をワックスで軽く跳ねさせ、耳には金のイヤーカフス、首にはチョーカーと、とにもかくにも派手な出で立ちだ。

だが、これは変化した姿で、本体は狐。それも成獣姿の他に省エネサイズという、双子ベビーのような愛らしい子狐姿になるときもある。

今となってはギャップ萌《も》えするしかない〝飯の友〟の友人だ。

とはいえ、まさかこんなときに現れるとは思っていなかったので、これ自体に驚きが隠せない。

「狐塚さん」

「マネージャーに、店で〝俺からのサービス〟ってことで、客にふるまいたいって許可を取ったんだ。だから、そうだな――。とりあえず五十個くれ」

狼や烏丸から聞いたのか、もしくは宣伝が広まっているのか。

そう言った狐塚の背後には、彼の仲間のホスト――普通の人間だが、二人立っていた。

大和とはすでに面識があったためか、軽く会釈《えしゃく》をしてくる。

どうやらプリンの運び手として同伴してきたようだ。

「ありがとうございます。そうしましたら、三個セット十六と単品二個で計算させていただきますね」

「三個セットを十七でもいいよ」

「本当ですか！　ありがとうございます」

（やった！　一気にお買い上げだ‼　狐塚さんってば、なんて太っ腹！）

それにしたって、大和はこうして狐塚がわざわざ買いに来てくれたことが嬉しかった。

普段ならまだ家で寝ているか、起きていてもこれから出勤支度をするかという時間だろうに。そう考えると、尚更だ。

「そうしましたら、持っていきやすいように、十二個入りの箱四つに、三個セットの袋でお渡ししますね」

大和の沈《しず》みがちだった気分が一気に浮上し、開封前の箱入りのプリンを用意した。

「だったら五箱、あ——六箱でいいや。一人二箱ずつ持てるだろう。仮に余ったら、従業員が持って帰るか、隣の店の女の子にでも配ればいいだけだし」

「えええっ！　ありがとうございます‼　本当に助かります。四万八千円になります」

想定外の理由で余計に売れて、大和は歓喜で卒倒するかと思ったが、両手はきっちり六箱のプリンを二箱ずつに分けて、簡易だがロゴの入ったクラフトの包装紙を巻きつけていた。

そして、それを麻紐《あさひも》で括《くく》って、持ち手もつけて、最後は箱買いしてくださったお客様用に準備された、金色の〝Ｔｈａｎｋ　Ｙｏｕ〟ステッカーをペタンと貼る。

このあたりも予算度外視で自社ブランドを最優先する白兼のこだわりだ。

しかも、包装紙を巻きつつも、箱の中身がプリンだとわかるように、きちんと箱の品名印刷が見えるように——と、細かく指定もされている。

ある意味、大和が大量のプリンと同じぐらいビックリしたのが「もしかして、昨日からずっとそれを考えてたんですか⁉」という、白兼の商売思考の広範囲さだ。

「いいっていいって。今夜の話題を買ったと思えば、安いもんだ。悪いが俺は、払った分で十倍、二十倍は稼《かせ》ぐからな」

そして、徹底した白兼のこだわりに明確な効果を見たのは、大和が狐塚たちにプリンを手渡したときだった。

「それとこれとは別です。本当にありがとうございました！」

派手だが上質なスーツを着こなす狐塚たちが持ち帰る姿は、元が業務用のプリン箱とは思えない質感があった
シンプルなクラフト紙と焦げ茶色の麻紐がダンボール箱の地色とマッチし、ワンポイントに貼られた金のステッカーが、かえって遠くからでも目につくのだ。

それが証拠に、彼らとすれ違った通りすがりの女性が、ふっと本人たちから箱に目を向け、そのままこちらを見た。

そのまま店頭にいた白兼を見つけたのか、いきなり笑顔になってそちらへ寄る。

まさに歩く広告だ。

同時に、「プリンくださーい」と言ってきた女性のイケメンセンサーにも感服だ。

（うん！　今は売れればそれでいい！）

大和は両手で拳を握りつつ、その後も店頭でプリンを売り続けた。

「――兄ちゃん。今日はなんなんだ？」

すると、店の上のマンション住民が出てきて、声をかけてきた。

「あ、谷《たに》さん。どうも」

彼は、ちょっと前に「ビールやジュースをまとめて頼むから配達してくれ」と言ってき

て、バイトと小競《こぜ》り合いになってしまった中年男性・谷だ。

そのときは大和が間に入って、当店では個人宅への配達はしていない、そうしたシステムがないということを理解してもらった。

ただ、希望があったことだけは本社に伝えますと対応したことで、その後彼は買い物へ来ると、こうして声をかけてくれるようになったのだ。

幾度か立ち話をしたところ、一人暮らしの独身で、交代勤務をしていることだけは知っている。

「このプリンの山は？　新商品にしても……すごい数だな」

「はい……。ちょっと入荷数を間違えてしまって」

「うわ～。やっちまったのか、兄ちゃん。たまに聞くけど、あれって本当にやらかす奴がいるんだな」

「……はい。すぐさま本社で、発注システムを見直すとのことでしたが」

物言いはがらっぱちだが、親しくなってみれば、とても気さくな男性だった。

ただ、この分では大和のミスだと思ったようだが、特に問題は感じないので、大和はそれで話を続ける。

「それがいい。で、三個で二千円か。ここはものがいいのはわかってるが、相変わらず高い店だな」

「……すみません」

「まあ、いいや。とりあえずひと箱くれ。十二個だから八千円だな。ってか、プリンの値段じゃねぇよ。本当に」

するると、谷がさらっと懐《ふところ》から財布を出した。

ブツブツ言いつつも、きっちり八千円を取り出す。

「――え⁉　はい。ありがとうございます。けど、谷さんって一人暮らしですよね？」

「これから出勤、職場用だ。これくらいなら冷蔵庫に入るし、プリンなら好き嫌いも少ないから、従業員とその家族への差し入れになるだろう」

大和は先程同様、購入してもらった箱に、持ち手をつける。

十二個とはいえ、一個が三人分なので気になったが、配ることが前提のようなので、安心して会計もすませた。

そろそろ大和的にも、プリンとしての価格と量の感覚がおかしくなってきた。

「従業員さん、ですか？　あ、ということは、社長さんだったんですね」

「社長っていうか、動物病院の獣医兼院長だ。場所は靖国通《やすくにどお》りのほうにある」

「え⁉　そうだったんですか！」

そうして普段どおり、何気ないやりとりから、大和は谷の職業を知った。

「ああ。だから、ペットになんかあったら、いつでも頼ってくれ。うちは夜でも電話をくれれば、年中無休で二十四時間対応だから」

「はい。僕は飼っていませんが、覚えておきます」

もしかしたら、未来たちと散歩しているところを見られていたのかもしれない。

だが、なんにしても谷が店を気に入り、大和を気に入り、こうした買い物にうちを選び、またお助け買いをしてくれたことが嬉しかった。

（それにしても、獣医さんだったんだ。しかも、二十四時間で、これから出勤ってことは、やっぱり交代勤務？　だから昼からビールなんて日も？　それにしたって、二十四時間、年中無休の対応って大変だよな。飼い主さんからしたら、すごくありがたいだろうけど。よし！　僕も最後までプリン販売を頑張るぞ！）

大和は谷にも「頑張れよ」と背中を押された気がして、そこから更に奮起した。

閉店までひたすら祈るような気持ちで、プリンを売り続けた。


そうして迎えた閉店後――。

「本日の頑張りと目標達成に乾杯！」

「乾杯！」

大和は海堂の音頭《おんど》に合わせて、ビールの入ったグラスを掲《かか》げていた。

白兼からの誘いで、閉店まで残っていた社員やバイト、総勢十二名で宴会用の座敷がある居酒屋にいたのだ。

「やった～っ‼　一時はどうなることかと思ったけど、夕方からの大進撃！　まさか、よもやの大口箱買いが続出！　同業他社の応援が、こんなにあるとは思わなかった～」

「本当。まさか、近くでお店をやってるライバル店長さんたちが、来てくれるとは思わなかったよね。〝やっちまったんだって～〟って指差して笑われたけど。みんな、白兼店長に働きすぎるなよ――とかって言ってくれて。もう、みんないい年のおっさんたちばっかりなのに、滅茶苦茶カッコよく見えて、泣けちゃったよ～っ」

「うん！　ドラマかと思った」

今日に関しては、先に帰宅している者たちにもプリンの三個セットと会社からの寸志が出されており、こうしたときの本社からの対応は、本当に行き届いていた。

しかも、この打ち上げなど、結果がどうであっても、最初から予定されており。飲食の予算は社長と白兼のポケットマネーだというから、これを知った者たちは、口々に「頭が上がらない」と言い合ったほどだ。

なんせ、どんなに数を捌いたところで、今回のプリンに、仕入れとは別に店頭の装飾や寸志のような追加出費もあったことから、ほとんど黒字にはならない。

むしろ大きな赤字と廃棄《はいき》を出さなければ、大成功くらいの状態だった。

それも、今日の販売数で、それが達成できれば、もう御《おん》の字《じ》だというのが社長判断だったおかげで、こうして安堵して乾杯ができたわけで——。

ただ、これを承知していた大和たちは、「こうなったら損して得取れ精神で、今日のプリンの初見客をリピーターにできるよう、精一杯接客しよう」と話し合っていた。

この頑張りと目標に結果が出るのは、明日からということになる。

とはいえ、今夜は純粋に盛り上がりたい。

「店長の人徳とはいえ、すごいよね」

「でも、常連客さんたちも、普通に三個セットを買っていってくれたり。いつもイートインスペースでポテトだけ食べてるような女子高生たちが、今日は奮発！　って、お小遣いから買っていってくれるのも、泣けたよ」

「しかも、彼女たちのSNS拡散って、本当にすごいしね！　憧れのラグジュアリースイーツを奇跡の特価でGet！　とか、今、人生で一番美味なプリンを食べている！　とか。本社の宣伝部長がひれ伏すような発信を次々にしてくれて」

「業務用に買ってくれているお得意さんたちも、〝これはお客さんにも評判がいいから〟って。割引がある分、多めに注文してくれたりしたしね」

大和はビールを飲みつつも、先を争って話をする社員やバイトたちの話に、耳を傾けていた。

これだけで気分がよくなり、自然と顔に笑みが浮かぶ。

「何より、全店舗で今夜は祝杯！　っていうのが、ミラクル‼」

――と、ここで深森が声を上げた。

「もともと他より集客力が弱い店には、社長をはじめとする幹部たちが、代わる代わる応援に行ったのもよかったんだろうな」

側に座っていた海堂が、しみじみと頷く。

「うん。特に、朝礼で社長から〝俺が来た限りは、責任は俺が取る。店長をはじめ、気負わずに頑張ってくれればいいからな〟って言われた店は、もう大変だったたって。全員海堂さん？　ってぐらい張り切った上に、社長信者続出で――。アルバイターなんか、藤ケ崎《ふじがさき》じゃないけど、全員就職希望を〝自然力〟にするって盛り上がってたって。知り合いの社員さんから、なぜか自慢メールが届いたから、こっちは白兼店長が～って、即レスしちゃった」

「そうなると、なんて会社に恵まれた俺たち！　っていう、ただの自慢大会だな」

「本当よ！」

これらを黙って聞くしかない白兼にとっては、照《て》れくさいやら、猛省《もうせい》するやらで大変だろうが。

今回のことで、また社長の株が上がったことだけは確かだし、大和からすれば一会社員としてありがたみを再認識するだけだ。

「ほらほら、もっと飲めよ！　俺たち営業は、飲めてなんぼだぞ」

「――はぁ」

ただ、最高な気分をぶち壊すような声が聞こえてきたのはこのときだった。

（え？　狸さんたち？　ってことは、一緒にいるのはオレンジストアの上司とか、同僚ってこと？　あんな絡み癖のある人たちが、狸さんたちの？）

大和が何気なく振り返ると、大部屋を区切る衝立《ついたて》の隙間から見知った男性――狸が変化している〝飯の友〟仲間の二人が見えた。

一人は三十半ばで、ちょっとふくよかだが、とても気立てのいい狸。

そしてもう一人は、二十代後半くらいで、スラッとしたなかなかのイケメン。やはり、出会ったときから、大和にとてもよくしてくれる狸だ。

彼らは狭間世界でも人間社会でも先輩後輩の関係にあるようで、大和が〝飯の友〟で会うときは、いつも二人一緒だ。

覗《のぞ》き見や盗み聞きはよくないとわかってても、つい気になってしまう。

「――そうだ。知り合いに声をかけて、また合コンでもするか」

「いいですね、係長」

「賛成！　ぜひ、やりましょう」

チラチラと様子を窺っていると、衝立の向こうには狸たちの他に三人の男性がいた。見た目の判断だが、四十代半ばの男性が係長で、三十代後半くらいの男性二人が、狸たちの先輩か同僚のようだ。

「あ、狸里《まみさと》と鼓《つづみ》も絶対に来いよ。鼓は無愛想なわりに女受けがいいし、狸里のマジもんな狸腹のネタは、もはや鉄板だからな！」

と、ここで大和の耳に、酔った勢いとはいえ、とんでもなく失礼な発言が飛び込んできた。

発したのは係長だ。

「何ですっ——!?」

これにはカチンと来たのか、後輩狸の鼓が言い返そうとした。

「了解しました〜。鼓、楽しみだな〜」

だが、そんな彼を穏やかな口調で止めると、先輩狸の狸里は、さらっと話を流す。

「……先輩。はい」

「あ、トイレなら我慢せずに、行ってこい。俺たちは誰も、イケメンはトイレに行かないなんて思ってないから！」

しかも、止められはしたものの、まったく気が治まっていないとわかるからか、狸里は鼓に一度席を立つように促《うなが》した。

「……ありがとうございます」

これには、鼓も素直に従うしかなかったのだろう。

狸里に対して軽く頭を下げると、「では」と言って席を立った。

（――あ！）

これに大和が反射的につられた。

海堂に「ちょっとお手洗いに行ってきます」と断り、それとなく鼓のあとを追う。

すると、

「これだから人間はよ！」

憤慨《ふんがい》しつつも入ったトイレの手洗い場では、鼓が小声で、しかし吐き捨てるように呟いていた。

抑えきれない怒りのためか、耳が飛び出し、ピン！　と立っている。

「あっ！　駄目ですよ」

「‼」

大和がそう言って耳に手をかざすと、鼓が全身をビクリと震わせた。

振り向くと同時に、キッと睨んできたが、相手が大和と知った瞬間、今度は驚きから尻尾まで出てしまう。

「ご、ごめんなさい。でも、これはマズいです」

「――あ」

必死で目の前の鏡を指差し、「出ている」ことを知らせる大和に、鼓はようやくハッとし、耳と尻尾を引っ込めた。

瞬間、大和は心から安堵する。

さすがに誰かに見られたらマズいくらいのことは、わかるからだ。

「ごめん。ありがとう。迂闊《うかつ》だった」

さして広くもない洗面所で、鼓が身体を折って謝罪した。

「こちらこそ、すみません。に――!!」

大和もいたたまれない気持ちで、頭を下げた。

ただ、「人間が」と言いかけて、それは咄嗟《とっさ》に飲み込んだ。

大和は人間という種族の代表ではない。

ここであの失礼な男たちに代わって謝罪するのは何かが違う。

彼らが友人知人ならまだしも、まったくの赤の他人である限り、出しゃばることではないからだ。

「大和さん。性格のよし悪しと種族は関係ないです。俺だってよその狸の尻拭《しりぬぐ》いで謝ることはしたくないですから」

すると、途中で言葉を詰まらせた大和の真意に気づいたのだろう。

苦笑いを浮かべつつも、鼓が大和の判断が正しいことを伝えてくれた。

「ですよね」

そうとしか言いようがないのが心苦しいが、こればかりはどうしようもない。

「でも、これに関しては、助かりました。感情的になると、つい——。だから、先輩も落ち着くまで席を離れてろって、誘導してくれたのに。本当、まだまだ修業不足です」

それでも、大和が「出ている」事実を同時に伝えてくれようとしたことには、素直に感謝してくれた。

その上で、今一度頭を下げると、

「おかげで落ち着いたから、席へ戻るね」

そう言って、元の席へ戻っていった。

（鼓さん）

大和はどうしたものかと思うも、今は席へ戻るほかない。

かといって、自分も今のモヤモヤした気持ちが顔に出ている気がして、

（とりあえず、リセットだ！）

その場で顔を洗おうとして、思い切り眼鏡を濡らしてしまった。

「あ！」

よくも悪くも目が覚め、確かに感情はリセットされた。

偶然とはいえ、思いがけない場面に出くわした大和は、気を取り直して席へ戻った。

(──あ。もう、帰っちゃったのか)

チラリと覗くも、狸里たちの姿はなかった。

鼓が席を外したあと、すぐに会計になったのかもしれないが、考えてみれば、彼らは大和たちより先に来ていた。

係長たちの酔い具合から想像しても、すでに充分飲み食いをしたあとだったのだろう。

(ま、次は〝飯の友〟で会えれば──、あ‼)

ただ、これを一難去ってまた一難というのだろうか?

大和が席へ戻ろうと座敷へ上がると、男性アルバイトの藤ヶ崎が、大皿に盛られた唐揚げにレモンを搾《しぼ》ろうとしていた。

本人は気を利かせたつもりかもしれないが、これは意外と好き嫌いがあるので、大和は咄嗟に声を上げる。

「藤ヶ崎くん！」

「え？」

一瞬手が止まるが、それは声かけと同時に、彼の手を海堂が掴んでいたから。

大和はこれはこれで「マズい！」と肩を震わせる。

幾度となく一緒に食事をしたことのある海堂が、実はレモンが苦手であることを知っていたからだ。

「おいおい。俺はマヨネーズ派だ。トッピングという独自の世界展開は、手持ちの小皿内だけでやろうぜ～」

だが、一瞬身構えた大和をよそに、海堂はかなりふざけたように言った。

「へ？」

（ん？）

きょとんとしている藤ヶ崎同様、これには大和も意表を突かれた。

下手をしたら怒鳴られるかと構えていたからだ。

「だから～。大皿料理に独自のトッピングをするなら、取り分けた自分の分だけで世界を構築しろと言ってるんだ。わかるか？　この唐揚げ一個をもっとも自分好みに、うまく食べる方法は十人十色《じゅうにんといろ》。いや、千差万別《せんさばんべつ》と言っていいほど、人によって違うってことだ」

お説教と言うには、ずいぶんノリがよかった。

これに気づいた深森や白兼たちも、なんだ、どうしたと首を傾げながら、注目し始める。

「ようは、藤ヶ崎は熱々の唐揚げにはレモンをかけるのが美味いと信じて疑わない。だが、それに同意見の者もいれば、俺のようにマヨネーズが一番美味い、口に合うって者もいるってことだ。ちなみに白兼店長はそのままじっくり味わう派だ。何かかけられた時点で、一番の好みがなしにされるってことだ」

「……あ、はい。失礼しました」

それでも続いた海堂の懇切丁寧《こんせつていねい》な注意に、ようやく意味を理解したのか、藤ヶ崎が手を引き、ぺこりと頭を下げた。

レモンは自分の小皿に置かれ、その後はフォローするように、深森が唐揚げを取り分け始める。

大和も席へ戻って、小皿を回したりしながら、深森を手伝った。

すると、手元の皿に盛られた唐揚げを見ながら、改めて海堂が話し始める。

「――いや。実は俺も学生時代の部活合宿で、怒られたことがあってさ～。朝から晩までビシビシ扱《しご》かれて、楽しみなんて食うか寝るかしかない中で、好きでもない味変《あじへん》をされるのがどれほど辛いか、また罪なのかを延々《えんえん》説教されて。あのときほど〝食い物の恨みは恐ろしい〟って言葉を痛感したことはなかったんだよ」

どうやら彼には、今の藤ヶ崎と同じことをして怒られた過去があったらしい。

それも想像しただけで、強烈そうだとわかる状況下での説教だ。

ただ、海堂自身も悪気なくやったことで、叱られたのだろう。

いつになくやんわりかつおもしろおかしく諭《さと》してくれたのは、今の藤ヶ崎が昔の自分と重なったからかもしれない。

「わかる～。よくも悪くも食にまつわる記憶って残りますもんね。旅行なんかに行っても、食事が口に合うか合わないかで、また来たいと思うか、二度と来るかと思うか分かれるし。あ、ちなみに私は、唐揚げにはおろしポン酢が好きで～す！」

すでに藤ヶ崎が反省していたこともあり、深森が話を切り替えるように、海堂の話に乗った。

生憎この場におろしポン酢はないが、深森は揚げたての唐揚げを美味しそうに頬張っている。

「それもさっぱりしてていいよな。けど、俺はあえての紅葉おろしかな」

「私は――、唐揚げのまま酢豚《すぶた》ならぬ、酢鶏《すどり》にするのが好き！」

「私はそれに近い！　たくさん作って二度美味しい。南蛮漬《なんばんづ》けみたいにしちゃう」

すると、誰もが参加しやすい話題だったためか、その場にいた者たちが、次々と自分の好みを口にし始めた。

「そこまできたら、チキン南蛮じゃね？」

「それは三度美味しいコース！」

「だったらタルタルソースのみも意外といけるぞ！　海堂さんのマヨネーズとは、また似て非なる美味さなんだ」

こうして聞いていくと、唐揚げのトッピングやアレンジの種類は豊富だ。

特に自宅で作る場合は、下味の加減もできるからだろう。

「白髪《しらが》ネギとラー油でピリ辛もいいぞ」

「薬味もさっぱりするよな」

「そこまでいったら、ユーリンチーだろう」

大和が手元の唐揚げを頬張る間に、そんなにパターンがあったのかと思うくらい、いろいろな種類が挙げられる。

「俺は断然追い塩パラリ。油と塩って、もう神の領域だろう」

「身体に悪そうと言われがちなものが美味いのは宿命だな」

それにしても話を聞くうちに大和は感心を覚えた。

（みんな、普段は出されたものを普通に、美味しそうに食べてるけど、実はこんなにお気に入りのマイトッピングがあったんだな）

外での食事となったら、出された形で食べるのが基本かもしれないが、それでも今の今までこんな話が出てきたことがなかったので気づかなかった。

一緒に食事をしたときに、嫌な思いや、特別に気になることがないというのは、実はかなり恵まれているのでは？　と、気づく。

「なあなあ。これっていっそ、惣菜コーナーで各自の一推《いちお》しトッピング紹介やレシピ公開とかしたらおもしろいんじゃないか？」

そうしてみんなで唐揚げを頬張っていると、海堂が思いついたように言った。

「いいな、それ！　唐揚げは定番中の定番な安定惣菜だけど、いろんなアレンジがあったら、お客さんも試したいと思って、更に購入してくれるかもしれないし」

即座に賛成したのが惣菜部の部長だったことから、更にこの場が盛り上がる。

ここまでの勢いも手伝っていたのだろうが、口々に「賛成」「おもしろそう」と手を上げる者が続出したのだ。

そこへ深森が、

「そうしたら私、おろしポン酢の推しＰＯＰを作っちゃう！」

もともと気合の入ったアイドル追っかけの精神を発揮し、声高らかに宣言をした。

すると、これにも賛同する者が続出した。

間違いなく、酒の勢いも手伝ったノリだろうが、大和と白兼を除いた全員が「俺も」「私も」で推しトッピングのＰＯＰを製作すると宣言したのだ。

とはいえ、これは店の営業時間内にできることではなく、自宅での製作になる。

「それなら、こういうのはどう？　このイベント自体は個人の自由参加で強制はいっさいなし。そして、自宅で作業してもらったＰＯＰ製作参加のお礼は、惣菜コーナーで用意された自身の推しトッピングと唐揚げの大パックを一つを店から。気持ち程度ではあるけど、どうかな？」

　これまで黙って見ていた白兼が提案をしてきた。

　ことのなりゆきから、〝これは得手不得手《えてふえて》を考慮しても、参加者は自分の時間と個人所有の道具を利用することになるな〟と考えたのだろう。

　かといって、発案者が社員たちとはいえ、有志イベントのようなものなので、時間外手当というわけにもいかない。が、この場に自分がいるのに、ただ働きをさせるわけにもいかないがゆえの、現物支給だったのだろう。

　このあたりは、コンプライアンスに厳しい白兼らしい判断だ。

「ラッキー！　ご褒美《ほうび》つきとかやった！」

「私、先に帰った子にも知らせとく～」

　この場の誰もが見返りを求めていたわけではないだろうが、それでもご褒美と聞くと嬉しいのが人情だ。

　ましてや、酔いが醒《さ》めていざ製作するとなった後日のことまで想像したら、大和もこの場でルールを決めてしまうのが最適だと思う。

（さすがは白兼店長！　それに、大パック一つでも、二、三人で食べられる。しかも、国産ブランド鶏の唐揚げってなったら、夕飯のおかず一回分でも嬉しい）

　大和は自分が参加するわけではないが、うんうんと頷きながら、今は取り分けられた唐揚げを口へ運んだ。

「で、大和は？」

「ん？」

「大和のイチオシは？　レモンか、おろしか、タルタルか？」

すると、さも当然のように深森や海堂から話を振られて、動揺が起こる。

「えっ……」

「やっぱり、オリジナルだよな！　俺の作った素のままに敵うものなしだもんな！」

そこへ惣菜部長にまで突っ込まれると、いっそう答えに迷った。

同時に、ここまでなんのトッピング主張もしていなかったことで、全員の注目が集まってしまう。

「すみません。何を一番とは決められないくらい、みんな好きです」

こうなると、そうとしか言いようがない。

正直に言うならば、今は何を食べても〝飯の友〟。

狼が出してくれる、未来たちと一緒に食べる食事以上のものはないが、ここでそれを言うほど大和も空気が読めない男ではない。

「え～。それって単に、好き嫌いがないだけじゃないのか？」

「唐揚げで優柔不断とかあり？」

それでも、これはきっぱり否定した。

「いいえ！　素でもアレンジでも美味しい唐揚げそのものが、ただただ偉大《いだい》なだけだと思います！」

変なところでムキになってしまう大和なのだった。

3

プリン騒動の山を越えた昨日、火曜日。

大和は早番出勤のために早起きをすると、昨日のドタバタを思い起こしながら、ふと笑ってしまった。

「それにしても、みんな唐揚げ愛がすごかったな。この分だとラーメンやカレーみたいな定番のメニューにも、実はその家の味やマイトッピングみたいなものがあるのかな？　あとはあれだ。目玉焼きには何をかけるとか。飯の友となったら、すごい推し争いになりそう」

閉店後に打ち上げがあったことから、自身で購入したプリンは店の冷蔵庫に保存し、今日持ち帰ることにしていた。

しかし、今はなぜか唐揚げのことで頭がいっぱいだ。

一言で唐揚げといっても、店や家庭によって味も仕上がりもまちまちだが、大和はやはり〝飯の友〟で出される唐揚げが、今のところ一番好きだった。

これには狼へのリスペクトもあれば、未来たちの存在も大きいだろうが、それを差し引いても狼が作る唐揚げは大和の中では特別だったのだ。

食べやすさを追求したモモやむね肉の小ぶりのものから、大人でもちょっとボリュームのあるかぶりつき系の骨つき肉のものがあり、大和はこのかぶりつき系が気に入っていた。

衣はサクサク、皮はパリッ。肉はジューシーで柔らかく、何よりニンニク味がガツンとくる。

あまりに美味しく、好みなので、何の気なしに作り方を聞いたら、「ああ、これはな」と、惜しみなく教えてくれた。

〝やり方はいろいろあるようだが――。俺のは、ぶつ切りした丸鶏二羽から三羽。まあ大体二キロぐらいが目処《めど》だが。これにまずは軽く酒を振って、小一時間休ませる。その後はたっぷりのおろしニンニクにその半分程度のおろし生姜《しょうが》。あとはお玉一杯前後の醤油を入れたら、塩こしょうは――適当だが、ここでしっかり味がつくくらいは振る。あとは生卵一個を入れて、全体が馴染むように混ぜる。この状態でまた一時間から二時間は休ませて、十分味が染みたら片栗粉をしっかりまぶして、じっくり揚げる。肉の厚みや油の温度にもよるが、大体四分くらいは揚げたほうがいいな。二度揚げでいくかどうかは、好みになる〟

あまりにさらっと教えてくれたので、これなら自分でもできそうだ――と、思ったが、狼が揚げ物に使用している鍋はそこそこの大きさがあり、たっぷりの油で揚げていた。

そう考えると、惣菜部のフライヤーも当然のことながら大きく、たっぷりの油で揚げられている。

大和は自宅のキッチンと一人暮らし用のフライパンでこれを試《こころ》みるのは、何か無謀な気がして手を出さなかった。

しかし、骨つき鶏の唐揚げに関してはファンも多いのか、狼は下味をつけて寝かせたものを大体冷蔵庫に常備している。

一品でオーダーが入っても、すぐに揚げたてを出してくれるので、大和としては自分で作るよりは頼むほうが断然いい。

仮に、どうしても食べたいときに狼がストックを切らしていても、店の惣菜コーナーへ行けば文字どおり売るほど置かれている。

骨つき肉はないが、それでもノーストレスで走り回って育った国産ブランド鶏の味を生かした専門店にも負けない味だ。

女性客を意識しているので、どちらかといえばニンニクは控えめで、さっぱりとした印象の唐揚げだが、だからこそ〝推しトッピング〟のような企画が成立するのだろう。

これを言い出したら、昨夜の居酒屋の唐揚げだって、とても美味しかった。

大和の側には、いつでも食べることのできる唐揚げがあるということだ。

これこそお金で買える幸せだ。

思い出しただけでも、大和は口元が自然とニヤけてきた。

あれほどプリンで大変な思いをしたのに、すっかり記憶が上書きされている。

だが、これは普通に考えても仕方がない。

大変な思いをしたプリンと美味しかっただけの唐揚げだ。

どう頑張っても、しばらくプリンに勝算はないだろう。

「――飯の友、か。やっぱり少しでも早く行きたいな。今日は、仕事帰りに直行しちゃおう。着替え、着替え～っと」

それでも大和は一泊分の着替えをリュックに入れると、今は未来が楽しみに待っているだろうプリンを一緒に食べることを想像した。

やはり未来の美味しい笑顔に敵うものがないのか、秒で唐揚げの印象が薄れた。

（よし！）

大和はリュックを背負うと、財布とスマートフォンを手にして、玄関へ向かう。

「ん？」

すると、昨日のうちに届いていただろう、未読メールに気がついた。

宅配便の配達案内だ。

「あ、確認し忘れてた。今からでも時間指定ができるのかな？　――間に合う」

大和はその場でスマートフォンを操作し、メンバー登録をしている宅配サイトで配達物が食品であることを確認した。

しかも、発送元は北海道だ。

これは実家からの差し入れだろうと思い、まずは今日中に受け取ることを決めた。

「そうしたら、退社時間に合わせて、受け取れるようにしておけばいいか。さすがに昨日の今日だから、イレギュラー残業はないだろうし。仮にどうしてもってなったら、わかった時点で、営業所へ電話をすればいいだろう」

この分だと、今日は〝飯の友〟へのお土産が増えそうだ。

大和は時間指定の操作を終えると、スマートフォンを上着のポケットに突っ込み、自宅をあとにした。

まだまだ残暑が厳しくなりそうな朝、徒歩で十分程度の職場へ向かった。


白兼の配慮で、本日の勤務は八時から十二時までの四時間。

大和は、朝のうちに担当分の棚を確認、商品の補充をしながら、これなら何事もなく退勤ができるだろうと思っていた。

しかし、実際のところ。つい先日、増量入荷が決まったモーモーパンケーキミックスが二十箱ほどドン！　と到着。来月からの入荷予定と聞いていたが早まったようだ。

また、惣菜コーナーでも早速「当店員のイチオシ紹介！　唐揚げトッピングフェア」のPOPが飾られたことで、店内からバックヤードまでが賑わうことになった。

昨日のような緊張感がないだけよいが、あちらこちらから、普段以上に交わされている会話が耳に入る。

「嘘！　知らなかった。ここのパンケーキミックスって、こんなに美味しかったのね」

「しっとり、ふわふわ。お値段は高いけど、水で溶《と》くだけでこのクオリティーって考えたら、全然お得なのかも」

「卵も牛乳も不要って、確かに大きいし」

「マグカップでレンチンでも、いい感じよ」

「蒸しパンぽくて、これもいいわ」

モーモーパンケーキミックスに関しては、今後惣菜部でも業務用として利用。

特にイートインスペースで気軽に食べられるようなメニュー開発をしていこうという企画もあるので、まずは――と、惣菜部長が試食品を用意してくれた。

事務所やロッカールームで味見ができるようにすることで、これまで食べたことのなかった者たちの率直な感想を聞くためだ。

これは大和にもありがたかった。

（よしよし。パートさんたちの評判も上々だ。佐藤《さとう》さんに伝えなきゃ）

なぜならこのミックス粉は、大和の実家の近所の佐藤家で製造販売されている品だったからだ。

水で溶いて焼くだけで、しっとりふわふわな仕上がりかつ、甘くて風味よくを目指して、試行錯誤《しこうさくご》の末に完成したひと品で。

ベースとなっている小麦粉から濃厚ミルクパウダー、甜菜《てんさい》糖、天然酵母《こうぼ》と、原材料すべてを有機道産にこだわった、町おこし企画から誕生した商品なのだ。

そして、〝自然力〟でこのミックス粉の増量入荷が決まった経緯には、大和が「今より数さえ増えれば、国産有機ブレンド粉くらいまでは仕入れ値が下がるのに」といった、製造元から耳にしていた情報を、大和が口にしたことにあった。

それを聞いて即日動いてくれたのが白兼だったのだが――。

実を言えば、このモーモーパンケーキの発注増加と一緒に、並行してプリンを発注していたのが、うっかりミスの発端だったらしい。

大和はすぐに納得ができた。カスタード焼きプリンにしても、モーモーパンケーキミックスにしても、生産元の住所が近くて、番地違い程度なのだ。

その上、代表者の両方が揃って佐藤さん。

なので、一店舗に二百五十箱というのも、もとはミックス粉の発注分だったようで。

とりあえず、一年分を申し込んで、納品は月に一度、できたてのものを定期的に発送してもらうことになっていたのだが――。

このときに、いくつか同時に作業をしていたがために、白兼はプリンの申し込みにこの個数を入れてしまった。

ミックス粉の申し込みもきちんとしているのに、そのときはまったく気づかないまま作業してしまったのだ。

これが悲劇の始まりだ。

もちろん、いきなり普段からは考えられない注文を受けたプリンの佐藤は、慌てて白兼に「一店舗二百五十箱ですか？」と直接連絡をよこした。

しかし、これがスマートフォンにかかった電話だったことから、白兼は表示された名前だけを見て、ミックス粉の佐藤からかかってきたものと思い込み。

満面の笑みで声を弾《はず》ませ、「はい。これから販売に力を入れていきますので、よろしくお願いします」と答えた。

しかも、そこから更に悲劇は重なった。

ミックス粉の佐藤もプリンの佐藤さんも近所で仕事仲間かつ、大和のことも生まれたときから知っている。

そこで、この話が出たときに、「今月からミックス粉も一気に入荷が増えたんだ。もしかしたら道産フェアとかで、プリンも大々的にってことかもよ。きっと大地が勧めてくれたんだよ」「なんだ、そういうことか！　大地には、今度礼をしないとな」などと言って、向こうは向こうで盛り上がって納得してしまった。

おかげで納品予定日前には、従業員総出の工場フル回転で、普段全国に発送する分以上の数を〝自然力〟に発送した。

想像したら、これはこれで先方も、ものすごい修羅場だっただろう。

突然の大量プリンに驚いた白兼が問い合わせをしたときには、佐藤は達成感でナチュラルハイになっており、すでに半泣き。「頑張りました！　実は近所の佐藤一家にまで応援に来てもらって。このたびは、こんなにたくさん――、本当にありがとうございました！」と言って、力尽きたらしい。

そこで初めて、白兼は自身の誤発注に気がついた――というのが、真相だったのだ。

これでは紫藤も、「お前のミスでよかった」以外の言葉がないだろう。

それどころか、彼は彼でたまたま居合わせた本店でプリンが届けられるのを見た際、真っ先に入力に使ったパソコンとシステムの誤動作を疑ったために、

〝すまなかった――〟

ことの真相を知った直後は、ガックリ肩を落としてパソコンに頭を下げていたという。

――これはいったいどんなコメディ漫画か漫才なんだ⁉

――もはや喜劇じゃないか！

という誤発注経緯には、紫藤も途方に暮れた瞬間があったということだ。

それを目の当たりにした幹部たちも、このときばかりは内心修羅場だったに違いない。

〝社長！　お願いですから、パソコン相手に謝罪はやめてください！〟

〝お前らの管理が悪いと難癖をつけられるほうが、まだ生きた心地がします！〟

いずれにしても、今はもう乗り切った話だ。

時間が経てば社内の、いやこの業界の伝説になるだろう。

「本当！　もともとパンケーキミックスって、お菓子レシピも多いから、どんなメニューがうちの惣菜コーナーの目玉になるのか、楽しみね」

「とりあえず、私は今日から惣菜コーナーで売り始めるらしい蒸しパンと、道産卵に牛乳入りで焼かれたスペシャルモーモーパンケーキを買っていこうかしら」

「いいわね。けど、昨日のプリンといい、今日のモーモーといい、働きに来てお金使っちゃうって、どんなトラップかしらね。しかも、唐揚げまであるのよ。フェア初日は、話の発端となったレモンとマヨネーズですって」

「あ、そうだった。でも、通常の唐揚げと薄味の唐揚げ、そこに本日のオススメトッピングが別売りって、いいところ取りじゃない？」

「ここへきて、主婦の味方よね」

「でも、何買っていこう。迷うわ～」

何にしても――。

大和はこんな調子で、店内のどこへ行っても、パートや買い物客たちの声を耳にした。

だが、四時間の勤務を終えて、いざ自分が店内へ買い物に出ると、

（どうしようかな～。プリンがあるからパンケーキミックスのほうは惣菜系が出たときにして、レモン添えの唐揚げと別売りの特製マヨネーズトッピングにしようかな？　あとはあれだ！　狼さんが好きな鬼堅《おにかた》焼き煎餅《せんべい》特選醤油味！　狼さん、自分では作れない企業努力品が好きだし！）

ウキウキしながらレジをすませて、いったん宅配便を受け取るために自宅へ戻った。

「どうもありがとうございました」

時間指定をしたとはいえ二時間単位の枠とあり、大和が待ち構えていた宅配便は、帰宅から一時間半ほどで届いた。

普段以上にずっしりと重い大箱を二つ受け取ると、大和はここで自身の勘違いに気づく。

箱の一つが、開けなくても中がわかる。ひと袋一キロ入りのモーモーパンケーキミックスが二十袋入った、完全に製造元からの搬送箱。朝から職場で積み上がっていたのを見た

ばかりの品だからだ。

「うわっ。てっきり実家からだと思い込んでたけど、佐藤さんからだったんだ」

送り主はモーモーパンケーキミックスの製造・出荷元、大和の実家の近所の佐藤さん一家からだった。

もう一つの箱には、「このたびのお礼に」と書かれた礼状に菓子やレトルト食品などの名産品が詰め込まれている。

「え、こんなに！」

相手も大和の一人暮らしを考慮してか、日持ちがするものばかり送ってきた。

ただ、中には賞味期限まで一ヶ月とないものもあり、それ以上に問題は大量のモーモーパンケーキミックスだ。

米と違って、そうたくさんは食べられない。

手紙には「お友達にもよかったら」とあったので、遠慮なく〝飯の友〟へ持っていくにしても、徒歩で一度に持参できる量は限られる。

まさか夜中に巨大化した烏丸に、運ぶのを手伝ってもらうわけにもいかないし――。

「そうしたら、お味見宣伝をかねて、自分で焼きそうな人に配ろう。お隣のおばあちゃん。狐塚さんのときにお世話になった看護師さん。あ！　狐塚さんって、自宅で料理はしてるのかな？　さすがにパンケーキは焼かない？　でも、一応、取っておいて」

大和はその場で思いつく限りの相手に、配ることにした。

とはいえ、せいぜい一人二キロだろう。主食というよりは、やはりおやつ感覚なので、個人に渡すのはそのあたりを適量とした。

「あとは〝飯の友〟かな？　あ、一人暮らしの深森なら食費の足しにって渡したら喜ぶかな？　これから冬のコンサート申し込みがどうたら言ってたし。パンケーキなら、作り置き冷凍もできるから、これこそトッピング次第で朝食代わりにもなるはずだ」

大和はとりあえず、スーパーの袋に二キロ分のミックス粉を入れ、他にも届いた名産品を詰め込んだ。

そして、真っ先に自室の隣に住むおばあちゃんを訊ねて、インターホンを鳴らす。

〝はい。どちら様ですか？〟

「隣の大和です。田舎から届いたものがあるので、お裾分《すそわ》けに来ました」

〝あらあら、大変！〟

お隣さんは、嬉しそうな声を発して、すぐに鍵を外してドアを開いてくれた。

「いつも気を遣ってもらっちゃって」

「いいえ。僕のほうこそ、いつもよくしてもらって。あ、これ。いただきものでなんなんですが、実家の隣で作っているパンケーキミックス。あと、ご当地ラーメンとお菓子です」

「まあ。いいの？　こんなに」

「はい。味見程度ですけど」

玄関先でのやりとりではあるが、軽快な会話が飛び交う。

いつ会っても品のよさそうな、それでいてのんびりとしているおばあちゃんだが、こうしたときだけは、その場で「見ていいかしら？」と、せっかちさを見せる。

嬉しそうに、その場で袋の持ち手を左右に開いた。

「モーモーパンケーキミックスは初めてね。あ、でもエゾシカラーメンのシリーズと雪だるマカロン。これは以前いただいて、とっても美味しかったのよ。ありがとう」

初めて見るものに加えて、見覚えのある品々に、おばあちゃんは乙女《おとめ》のようにはしゃぐ。

大和からしても、故郷の名産品で喜んでもらえるのは嬉しい。

特に、インスタントラーメン三種は、大和も幼い頃から食べている好物だ。

とはいえ、エゾシカラーメンは、エゾシカやジビエの出汁が使われているわけではない。

単にパッケージでご当地感を出すためのイラストが入っているだけで、中は普通の即席味噌《みそ》ラーメンだ。

ただ、粉末ダレや乾燥ネギと同梱されているフリーズドライのエゾシカのキャラ蒲鉾《かまぼこ》が人気で、醤油はヒグマラーメン、塩はキタキツネラーメンとして売り出されている。

冷静に見ると、かなりのキャラ推しものだ。

そして、雪だるマカロンは、白いマカロンの皮に練乳《れんにゅう》クリームのみが詰められた品で、あえていろいろな味は出さない頑固さが定評で、愛され続けている。

今なら下手に味を増やすより、一点大量生産のほうが、単価を抑えられるんだろうな――などと、野暮なことを思ってしまうが。

いずれも大和の実家周辺にある地元メーカーの品で、通販以外は道内でしか手に入らないものばかりなので、大和も佐藤には感謝だ。

「――喜んでもらえて、よかったです。では、今日はこれで」

「本当にありがとう！」

そうして大和はお隣からいったん自室へ戻ると、次は先日ここで孤塚がイヤーカフスを落としたときに、拾って届けてくれた看護師さんにも同じものを届けた。

「わ！　このマカロン、前に北海道土産でもらって、練乳がすっごく美味しかったのよね。あと、ラーメンは蒲鉾が可愛くて。モーモーは高級品じゃない！　本当、ありがとう!!」

「どういたしまして」

ここでも喜んで受け取ってもらうと、大和は自室に深森用を残して、〝飯の友〟へは十キロ分持っていった。

他にもラーメン三種にマカロン、プリンに唐揚げ、鬼堅焼き煎餅と、そうとう大量な差し入れになってしまったが。狼や未来たちなら大喜びで受け取ってくれるだろうと思えば、自然と足取りも軽くなった。

＊＊＊

大和があれこれしているうちに、時計の針は二時半を回っていた。

これから忙しくなる職場の真向かいだけに、仕事中の同僚に対しては心苦しさがあったが、今は仕事を終えたプライベートタイムだ。

（よし！　行くぞ）

大和は、近くに人気《ひとけ》がないのを確認してから、旧・新宿門衛所を通って狭間世界へ入った。

一歩脚を踏み込んだと同時に、木々や草花が生き生きと輝く、森が広がる。

着替えも含めて、総重量十三キロを持参だが、気の持ちようとは大したもので、心も体も軽ければ、荷物も軽く感じる。

「あ！　大ちゃん来た！」

「あんあん！」

「きゅおん！」

しかも、狭間世界へ入った瞬間、大和は待ち構えていた未来たちから大歓迎を受けた。

大木の幹に腰を下ろしていた獣人姿の未来と豆柴ベビーな永と劫が、立ち上がると同時に尻尾をブンブン振る。

「え⁉　お出迎え？　未来くんたち僕のことを待っててくれたの？」

「うん！　お仕事お昼までって言ってたから。ね、えっちゃん。ごうちゃん」

驚く大和に、未来と永と劫は、うんうんと頷きながら、更に尻尾を振ってくれた。

だとしても、二時間は待っただろうに——。

この瞬間、やり甲斐《がい》とは別に溜まっていたらしい仕事疲れが、一気に吹き飛んだことがわかる。

「嬉しい！　ありがとう。あ、プリンの他にもいろいろなお土産を持ってきたからね。さ、行こう」

「わーい！　お土産〜っ。大人のプリ〜ン」

大和はすっかり嬉しくなって、未来たちと共に木々の合間を進んで〝飯の友〟へ歩き出した。

自然と吸い込む空気が美味しい。

そうして足早に進み、開店準備をしていた店内へ「こんにちは！」と、声も高らかに入っていくと、

「いらっしゃい」

「あ、大和さん。いらっしゃいませ。お仕事、お疲れ様でしたね」

ここでも大和は、狼と烏丸から歓迎されているとわかる笑顔で、店内へ招かれた。

「ありがとうございます！　あ、これ。例のプリンとその他なんですけど、ここに並べてもいいですか？」

「ああ。いいが。その他って？」

「全部、俺からのお土産です！　でも、いただきものがほとんどなので、遠慮なく食べていただけたら嬉しいし、とても助かります」

早速狼に許可を取ると、手提げ袋から取り出したプリンの三個セットをはじめとするミックス粉以外のお土産をカウンターテーブルに並べていった。

さすがに十キロのミックス粉を並べるのはどうかと思い、それは詰め込んできたリュックごとカウンターチェアに置いて、一つだけ見本として出し、あとはリュックの中を広げてみせるという方法をとる。

「わ～。シカにクマにキツネの絵がついたラーメン！　雪だるまのお菓子もある！　未来、初めて見るよ。ね、えっちゃん。ごうちゃん。あ、狼ちゃん。おやつに開けていい？」

「――あ、ああ。しかも、すごい粉だな。あ、水で溶いて焼くだけで、ケーキみたいなのが作れるやつか。ほうほう。いつ見ても、人間の作る簡単で便利なものはすごい」

「唐揚げも美味しそうですが、このプリンはシンプルな形状なのに、そこはかとなく高級感が漂っていますね。なんというか、人間が言うところの、昔ながらの堅めなプリンが、濃厚なカラメルソースに溺《おぼ》れている感じが、とても美味しそうです」

それぞれ興味を惹かれたものが違っていて、これはこれでおもしろかった。

中でも烏丸の目のつけどころや表現は、狼たちより人間寄りだなという気がして、大和は思わずクスッと笑う。

やはり、この中でも一番人間界への行き来が多く、また普段から鴉の姿で鳥内会員と一緒に新宿上空を飛び回っていることにも関係しているのだろうか？

「カラメルソースに溺れるはいいですね！　確かに、ここのはソースたっぷりで。けど、甜菜糖を使っているので、くどくなくてスッキリしていて。それでいてほろ苦さが利いた、大人向けな甘みなんですよ」

「そうなんですね」

「よかったね、からちゃん。唐揚げとマヨネーズ大好きだもんね！」

――と、ここで未来が、思いがけないことを口にした。

「え!?　烏丸さんって、唐揚げとマヨネーズのほうが好物だったんですか？」

大和は単純に驚いた。今の話の流れから言えば、プリンのほうだろう。

これまで一緒に食事をする機会はあったが、特別揚げ物が好きという印象自体がなかった。

狼や狐塚と並んでみても一番スラッとしているし、お土産にするのに好物を想像したときでも、野菜や魚？

仮にお菓子であっても、ヘルシーなものかな？　と、自然に考えていたからだ。

「はぁ……。遺伝子的なものなのか、野性の鴉たちと好みが似ていて、自然と脂《あぶら》を身体が欲しまして」

すると烏丸が、いつになく照れくさそうに説明してきた。

「美味しいからとかではなく、身体が欲するんですか？　しかも脂ってことは、唐揚げやマヨネーズがどうこうってよりは、脂肪とか油分に惹かれるってことなんですかね？」

「多分、そういう感じかと思います。私自身は毎日店主が作ってくださるものを食しているので、飢《う》えることはないですが。通常、野生の鴉はいつ食べられるかわからないので、目の前に何種類か置かれたら、自然と脂っこいものを選ぶ傾向があるようです。もちろん、個々の好みもあるでしょうが」

「――ああ。ようは、エネルギーを貯《たくわ》えるための高カロリー食なんですね」

「それですね」

なるほどな、と納得していると、すでに狼に許可を取っていた未来が「おやつ～」と言いつつも、一番それらしくない唐揚げのパックを開いて、卓上に置かれていた爪楊枝《つまようじ》を刺していく。

「からちゃんからどうぞ」

「未来さん。それが目的で、私の好物だなんて言ったんでしょ」

「へへへ〜。でも、これが一番すぐに食べられるから〜」

言ってるそばから「いただきまーす」と口へ運び始める。

（なるほど、未来くんらしいというか、ここで烏丸さんをだしにするとか、頭いい！）

大和は未来のちゃっかりさに感心しつつも、側に立っていた烏丸や、プリン用の取り皿を出してきた狼にも、「せっかくですし、お味見してください」と唐揚げを勧めた。

「ありがとう」

「はい。では、お言葉に甘えて」

そう言って、二人とも爪楊枝が刺さったそれに手を伸ばす。

すると、唐揚げを口へ運んだ烏丸が、いつになく嬉しそうに見えた。

しかも、こうなると一緒に持ってきていたレモンと特製マヨネーズのトッピングは、マヨネーズの圧勝だろう。

一口食べたところで、「これもいただきますね」と言って、個包装されたマヨネーズの端を切り、チョロチョロとかけながら更にモグモグと頬張っていた。

椅子の上に下ろされた永と劫が、それを見上げながら「わたしにも〜」「僕にも〜」と立ち上がり、背もたれに両前足をかけて、クンクン鳴いている。

（烏丸さんの好物は、唐揚げにマヨネーズ。もしくは、高カロリーなもの）

大和は早速、ここへ来るときのお土産用に脳内メモだ。

自分から聞くのは簡単だが、こうしたなりゆきから少しずつでも相手のことや好みを知るのは、とても嬉しい。

などと思っていると、狼が「とりあえず、こちらも味見で」と、一個のプリンを小皿に取り分けてくれた。

三人前程度あるので、四人と二匹で味見をするだけなら充分な量だ。

未来が小皿とスプーンを両手に持つと、つぶらな瞳をキラキラさせる。

「大人のプリン～っ。いただきますっ」

大和が前もってしていた説明のためか、最初の一口への期待度が高いのが見てわかる。

だが、それだけに大和は、未来の口に合わなかったらどうしようか？　と、今更心配になってきた。

「ん～っっっ！」

すると、一口頬張った未来の耳がピコピコ、尻尾がフルフルし始める。

「どお？」

大和が顔を覗き込む。

未来はゴクンとしてから、うんうんと頷く。

「うん！　大人のプリンおいしい！　これ好き！」

いっそう瞳を輝かせて、全身で「美味しい」「嬉しい」を示してくれた。

「よかった〜っ」

大和はこれに、安堵したなんてものではない。

だが、未来が大和を夢中にさせるのは、こうした顔や態度だけではない。

「でも、未来が一番好きなのは大ちゃんだからね」

「ん？」

「大人のプリンでも、ぷっちんするプリンでもないよ。大ちゃんだからね！」

「――未来くん」

残りのプリンを一気に頬張りつつも、最高の笑顔を浮かべてくる。

これにはもう、ノックアウトだ。

「うん。僕も大好き！」

大和は全身から込み上げてくる「可愛い！」が抑えきれず、座ったままの未来に抱きついた。

「あわわわっ！　大ちゃん、苦しいよ〜。でも、未来もぎゅ〜っ」

耳をピコピコ、尻尾をぶんぶんしながら、未来が大和を抱き返してきた。

「永さんと劫さんも混ざりたいそうですよ」

するると、それを見ていた烏丸がクスクスと笑いながら、椅子の上で猛アピールしていた永と劫を両手に抱えて、大和たちに差し出してくる。

「わ！　おいでおいで」

「えっちゃんとごうちゃんもぎゅーっ」

二人の間に入った永と劫は、「あ〜ん」「きゅぉ〜ん」といっそうご機嫌だ。

「最近、誰の子だかわからなくなってきたな」

「大和さんの場合は、初孫可愛いの域《いき》だと思いますけどね」

これには狼と烏丸も、やれやれと言った顔をしていた。

大和は優しくて穏やかな時間だけに包まれていく。

（幸せ！）

しかし、こうして大和がじゃれている間も、

「あ、そうだ」

狼が囲炉裏の様子を見るのに踵《きびす》を返した。

そして次に大和たちに向き合ってきたときには、スキレットで分厚く焼かれたパンケーキを手にしている。

いつの間に仕込んでいたのか、四等分に切り込みが入ったきつね色のケーキの中央では、多めに置かれたバターが溶け始めている。

これだけでも芳醇な香りが鼻孔《びこう》をくすぐるが、程よく焼けた生地そのものの匂いと合わさり、なんとも食欲をそそる。

美味しそう！　だけでなく、お腹減った！　になるから、大和は不思議だと思う。

「あ！　モーモーだ」

「「おん！」」

未来と永と劫は、鼻をくんくんさせながら大はしゃぎだ。

「せっかくだから、少しだけ焼いてみた。書いてあった作り方どおりに、まずは水だけで溶いたんだが、充分牛乳の風味が利いていて、何より粉の旨味もわかって実に美味い」

「え！　それって狼ちゃん、つまみ食い⁉」

そう言われてよく見れば、四等分されたうちの一つの端に、ほんの少しだけ削《けず》れたあとがあった。

「俺のはあくまでも、作り手としての味見だ」

至って冷静に答えているが、狼の尻尾が軽く左右に揺れていた。

これはかなり気に入ってくれたようだ。

「つまみ食いでも怒らないのに～。ね～、大ちゃん」

「未来くんってば」

この場にいた全員の満足そうな顔や反応が見られて、大和はいつにも増して喜びが増す。

また、持参したものが、すぐに調理されて出てきたことには感激しかない。

「それにしても、綺麗な焼き上がりですね。けど、これはどうやって？　囲炉裏でもこんなふうに焼けるんですね」

大和は小皿に取り分けられたそれを狼から受け取ると、少し鼻を近づけ、未来たちのように香りから楽しむ。

「そこは道具のおかげだな。狐塚が何かしら見つけると買ってきてくれるんだが、このスキレットは同サイズのものがセットになっていて、蓋兼用なんだ。だから、蓋の上に炭を置いてやると、オーブン代わりにもなる」

「それでこの仕上がりなんですね！　あ、そうか。ようは、キャンプなんかの屋外用品専門メーカーのスキレットなのか」

話題に出てきたことで知った狐塚の気遣いに、大和は（こういう差し入れも喜ばれるんだ！）と知ることができて、なんだかワクワクした。

（狐塚さん。言動からは大ざっぱに見えるけど、意外と小まめで気遣いの人？　狐さんだよな）

「ちわ～、っと。あーあー。お前らまた、ラブラブごっこかよ」

（え⁉）

すると、昨日に続けて今日も彼を思い浮かべたところで本人が登場した。

勢いよく戸を引いて現れたのは、昨日同様、披露宴《ひろうえん》に出席かと思うような派手なスーツ姿の狐塚。

〝飯の友〟自体の営業時間は夜の六時半から十時までだが、狐塚が彼らと特別親しいので、狼の厚意で「お任せでよければ」と、ランチタイムから対応してくれる。

そのため、直接職場へ出勤しないときの彼は、こうして〝飯の友〟へ顔を出し、本日のお任せ定食を食べてから八時前くらいに出勤していくのだ。

店内以外の接待は一切しないをモットーにしているので、テレビなどで見る同伴出勤やらアフター、枕営業といった客との個人的な付き合いは皆無。

そもそも本体が狐なので、変化時は恋愛思想や行動は持たないのだろう。

だからというわけではないが、定期的に閉店間際にやってきて、そのまま泊まっていくときの理由は、大概アプローチの強い客から逃《のが》れるための脱出早退。

それを許されるだけの貢献《こうけん》を、常にナンバーワンホストとして店にしているのだろうが、大和は密かに思っていた。

狐塚が今の勤め先で、過去最高の瞬間売り上げを出したのは、以前いきがかりで省エネこんちゃんと化したときではなかろうか？　と。

なぜなら、愛くるしい子狐を抱っこし、喜び勇《いさ》んだヤクザな兄貴の散財が、端から見ていても、大和の年収を軽く超えていたからだ。

「あ、こんちゃん！」

「狐塚さん。こんばんは。昨日は本当にありがとうございました。おかげさまで、どうにか目標が達成できました」

大和は未来を挟んで座ってきた狐塚に、軽く会釈をしながら礼を言った。

それと同時に、烏丸が狐塚の前におしぼりを置く。

「どういたしまして。こっちもいい話題になったし、お礼にドンペリやらロマネ・コンティを入れてくれる客が続出で大盛況だった。礼を言うのは俺のほうだよ。サンキューな！」

するど、おしぼりを手に、狐塚が機嫌よく昨夜の話をし始めた。

この分では、こんちゃんのときの瞬間売り上げ記録は、塗《ぬ》り替えられたかもしれない。

そう考えると、ちょっと残念な気がしたのは、大和だけの秘密だ。

省エネこんちゃんナンバーワン説は、大和の十指《じっし》に入る、ほっこりネタだったからだ。

「あと、実際、これは美味いって評判がよかった。俺自身は、正直プリンにこの値段なのか～って思っちまってたが。原材料の質からしたら、普段の一個千円でもお買い得だって言われた。行きつけのデパ地下で買ったらもっとするし、欲しくなったらそっちのスーパーへ買いに行こうって言ってた客もいたからな」

これは大和にとって棚ぼたな話だった。

「それは、嬉しいです。店長や製造元さんにも伝えておきますね」

店の性質上、〝自然力〟のターゲット層は圧倒的に女性だが、本店や他店舗と違って、新宿御苑前店だけは、御苑に遊びに来るような家族や、昼食を買いに立ち寄るサラリーマンも多い。

そのため、今回のプリンのような単価と量のスイーツは、他店に比べるとやや伸び悩みがちだったからだ。

「それで、今日のお任せ定食って、パンケーキとプリン、唐揚げなのか？　まあ、お任せだから、これでも充分だが」

狐塚がカウンターに置かれた品々を見ながら、首を傾げた。

「いや。これは大和が土産に持ってきてくれたから、味見をさせてもらっていただけだ。今夜のお任せは、鮭とアスパラとホタテのミックスフライ。千切りキャベツ、キノコ汁に漬物。デザートは梨《なし》。今ならいただきものの唐揚げ一個とプリンがおまけだ」

さすがにそれはない――と言わんばかりに、狼が盆に載せた定食をカウンター内から差し出す。

見れば、一昨日の鮭だ。

しっかり本日の一品になっており、これを見た大和の目が光る。

（あ！　こんなことなら、宅配便を待つ間に、冷凍ご飯をチンして食べなきゃよかった）

直後に肩を落として、がっかりだ。

だが、これはもう晩ご飯のお楽しみに取っておくしかない。

「狼ちゃんにお願いしたら、きっとパンケーキもお味見できるよ～っ。ふふっ」

「おお！　それは豪勢《ごうせい》だな」

「おお～。それは豪勢ですな。いいときに来ましたよ、ドン・ノラ」

――すると、ここで狐塚と新たに訪れた客の声が被った。

「鳩《はと》会長！」

驚いたように声を発したのは烏丸。

入ってきたのは、鳩胸に片眼鏡が執事《しつじ》のようにも見える紳士だが、実際は烏丸同様他店で接客をしている。

そして、代々木公園《よよぎこうえん》を中心とした渋谷《しぶや》区上空を取り仕切っている、彼もまた鳥内会長だ。

「そのようだね。わざわざ足を運んだ甲斐がある。あ、烏丸。これは私からの差し入れ。うちの店でも人気のティラミスだよ」

「それは、ありがとうございます」

そして彼に続いて入ってきたのは、鳩会長と一緒に代々木公園にある人間界への出入口付近でイタリアンバルを経営している、ホンドオコジョのドン・ノラ。

人間に化けた姿はスラリとしており、背まで伸びたウェーブのかかった長髪が気障《きざ》にも見えるが、彼もまたなかなかのイケメンだ。

感情的になると津軽弁《つがるべん》で捲し立てるところがあるが、そこはイタリア男を気取っているのに、生粋《きっすい》の在来種。生まれが津軽だからで、北海道出身の大和に対しては「青函《せいかん》トンネルの仲だ」と言って気に入ってくれている。

ただ、そんなわけのわからないことを言い出すことより、大和が一番受けてしまったのは、在来種でホンドオコジョである彼の名前が、イタリアンマフィアのようであること。

また、彼のアイデンティティーが見ための白さにこだわり、夏でも冬毛を維持することに妖力を使いまくっているにもかかわらず、今の季節に「暑い」と愚痴ること。

狼たちから話を聞いたときから彼はツッコミどころが、満載《まんさい》だったのだ。

とはいえ、鳩会長もドン・ノラも至極《しごく》個性的ではあるが、愉快で楽しい〝飯の友〟だ。

大和は満面の笑みで「こんにちは」と挨拶をする。

「どんちゃん、いらっしゃーい」

未来の「ここ、ここ」の手招きで、カウンターの五席がすべて埋まった。

永と劫は、ずっと大和の膝にいる。

「ど、どんちゃん。せめてのらちゃんに――。と言いたいところだが、こうなると、どっちもどっちか」

「あれこれ言ってると、どらちゃんにされかねねぇから、どんちゃんで了解しておけ」

「――あ、ああ」

烏丸がおしぼりを配り、オーダー確認をしている間も、狐塚とドン・ノラで呼び名について笑い合う。

すると、本日のお任せ定食で了承していた鳩会長が、「私は？」と未来に問いかける。

「かいちょーさんは、かいちょーさんだよ。未来、鳩のお友達もたくさんいるから、混ざっちゃうから～」

「さようですか。承知いたしました」

無難なところで安堵しているのがわかる。

だが、こうなると、どんな呼ばれ方をするのか想像して、危惧を覚えたのかが大和には気になるところだ。

（はとちゃん？　ぽっぽちゃん？　あ！　確かに会長さんが一番ホッとする！）

大和はこれでも、一人俯《うつむ》き、口元を押さえてしまう。

狭間世界は楽しいことだらけだ。

「今日はお店はどうなさったんですか？　まだ火曜ですよ」

烏丸が用意した冷たい麦茶を置いていく。

「ランチタイムが終わったので、食べたら戻って、ディナータイムの準備です。ドン・ノラが先日のお弁当を食べてから、狼店主のご飯が癖になったようで。いきなり〝行く〟と言い出して」

「どんなにイタリア男を気取っていても、生粋の在来ホンドオコジョだからな。そら、イタリアンもいいが、久しぶりに和食を食ったら本能が目を覚ましたのかもな」

「和食がというよりは、自分以外の誰かが作ったお食事ですね。生憎《あいにく》私は作って差し上げたくても、そうしたスキルがありませんので」

鳩会長と狐塚が話をする中、ドン・ノラは麦茶を飲みながら「は〜っ。冷たぐてめ」と満足げだ。

どうやら気が抜けたときにも、お国言葉が出るらしい。

大和は彼らの話に耳を傾けつつも、両手ではうとうとしている永と劫をもふもふしている。

「狼さんは、ドン・ノラさんみたいなときはどうしているんですか？　狐塚さんたちに買ってきてもらうんですか？」

ふと気になり、調理場で揚げたてのミックスフライを盛りつけていた狼に訊ねる。

「俺は人間食を知りたいのもあり、定期的に外へ食べに行っているから」

「え⁉　そうしたら、今度一緒にいかがですか？　僕、頑張って満月や晴天の日に休みが取れるように頑張りますから」

想像していなかった返答に驚くも、大和は勢いのまま願望を口にした。

「――そうだな。よかったらオススメの店を紹介してくれ」

「はい！　調べておきます、――っ‼」

すると、ここで大和のスマートフォンが震えた。

上着のポケットに入れていたので、その振動を受けて「きゅお」っと、劫が声を上げる。

「あ、ごめんね」

そう言って、目をパッチリさせてしまった二匹を片手で抱えて、大和はスマートフォンを取り出した。

ただ、画面に表示された名前を見たら、すぐにホッとする。

「ちょっと電話に出てきますね」

すかさず両手を出してきた未来と狐塚に永と劫を預けて、大和はカウンターチェアから下りた。

「仕事ですか？」

「いいえ、お隣のおばあちゃんなので、そこは大丈夫です」

「なら、よかった」

「はい！」

出来上がったばかりの定食をドン・ノラの前に置いていた烏丸の問いに、大和はすれ違いざま答えて、いったん店を出る。

「もしもし。大和です。どうしましたか？」

とはいえ、滅多《めった》なことでは電話などしてこない相手だけに、大和はこれはこれで胸がドキドキした。

「あ、そうだったんですね。いつもお気遣い、ありがとうございます！」

要件自体は嬉しいことだった。

先ほどのお礼にできたばかりのお惣菜を届けに行ったが留守なので、帰ってきたらひと声かけてね――というものだったからだ。

しかし、今夜は母屋で未来たちとお泊まりだ。

明日は起きたら冒険で、お昼だ、おやつだと言っているうちに、きっと出勤時間になってしまう。

――と、ここで大和はふっと思い立つ。

「でも、そうしたら、今から伺ってもいいですか？　今夜は友人宅に泊めてもらうので、おばあちゃんさえよければ、みんなで食べさせてもらえたら嬉しいんですけど」

図々しいかなと思いつつ、お願いをしてみた。

普段から物々交換で交流しているおばあちゃんがくれるお惣菜は、だいたい一回に二種類から三種類で、一つが四百ミリリットル程度の容器に入ってくる。

副菜ものだけでなく、主菜としての肉や魚料理と合わせてくれることが多いので、大和が食べるときには、ご飯だけ炊けばいい状態で二、三食分だ。

ありがたいなんてものではない。

〝まあ、そうなの！　それは私も嬉しいわ。こちらこそかえって手間を取らせてしまうけど、ぜひ取りに来て持っていってちょうだい〟

「はい。では、今から伺います。まだ、十分、二十分くらいかかってしまいますが」

〝大丈夫よ。慌てないで、ゆっくり来てね〟

「ありがとうございます！　では、のちほど」

おばあちゃんに快諾《かいだく》してもらったので、大和は通話を切ると、早速狼たちに報告して取りに行こうとした。

「ひっ！」

だが、振り返ると同時に、目の前には店の扉から顔を出し、こちらを見上げる未来がいた。ニッコリ笑われるも、かなり驚く。

「大ちゃん、この前のおばあちゃんのところへ行くの？」

「うん。お惣菜をいただきに、ちょっと行ってくる。すぐに戻ってくるけどね」

「未来も行きたい。おばあちゃんに会いたい！」

しかも、未来はそう言うと、両手で頭をポン、お尻をポンと叩いて、耳と尻尾を引っ込めた。

「え？　未来くんが？」

「えっちゃんとごうちゃんもおばあちゃんに会いたいって！」

「ばぶぅ！」

「あうっ！」

永と劫も、すっかりその気になって、返事も聞く前から赤ん坊に変化している。

抱いていた狐塚が「あ⁉　何してんだお前ら」と、これまた驚いているくらいだ。

こうなったら、簡単に元の豆柴ベビーもどきな本体には、戻れないのに――。

（え～っ。だとしても、せめて部屋に着いてからにしてほしかったかも……）

本体ならば自立歩行ができるが、赤子姿では寝返りを打つのがやっとだ。

人の手を借りれば、座椅子でお座りくらいはできるが、ハイハイさえもまだ先だ。

だが、永と劫の「きゃっきゃっ」とはしゃぐ姿を見ると、これはこれで可愛くて、自然と顔がにやけてくる。

これはもう、「しょうがないな～」ですべてをすませてしまう、初孫フィーバーのおじいちゃん状況だ。

「わかった。狼さんがいいよって言ったらね」

大和は、不審者に間違われそうなデレデレ具合で、狼に連れていっても大丈夫かどうかの許可を取ることになる。

「うーん。そうしたら、俺も一緒に行くか」

ただ、三匹ならまだしも、幼児と赤子で三人となったら、保護者の負担がまるで違うのは、狼のほうが知っている。

さすがに一人では大和のほうが大変だと判断したのだろう、腰に巻いていたエプロンを外しにかかる。

「だったら私が付き添っていくか？」

「いやいや。だったら俺が一番適任だろう。天気がいいとはいえ、こんな半端な時間に、万が一妖力切れを起こして変化が解けたら、洒落にならない」

すると、ドン・ノラに狐塚が「私が」「俺が」と続いた。

「お前らだって、これから店があるだろう。特に狐塚は、妖力全開で人間姿のまま何時間も接客するんだ。俺たちとは力のかかり方が違う」

「それにしたって、まだ時間があるし。最悪、妖力が尽きても、デカいオオカミに戻っちまうのと、愛らしい子狐に戻るのとじゃ、間違いなく世間の扱いが違うだろう。捕獲と保護の差は大きいぞ」

「それなら私だって、愛らしいホンドオコジョだが？」

「だから、ドン・ノラはこれから店だろう。ってか、身の程を弁《わきま》えろ、準絶滅危惧種！お前は見た目以前に、捕まったら保護だけじゃすまない」

お互い譲り合うこともなく、「なら、お前よろしく」とはならなかった。

なので、ここは大和が「待ってください」と話に割り込んだ。

「お三人とも、ありがとうございます。けど、すぐそこですし、多少はお話もしてくると思うので。俺一人でも大丈夫ですよ。抱いていくのは永ちゃんと劫くんだけですし。未来くんが歩いてくれれば、普通に行き来ができます。ね、未来くん」

「うん！　未来、ちゃんと歩くし、大ちゃんのお手伝いもする！」

狐塚から双子を両手に引き取ると、未来との意気投合を見せつける。

「本当か？　くれぐれも大和に迷惑はかけるなよ」

「はーい！」

結果。多少狼が折れた形だったが、許可をくれた。

未来たちからすれば、人間に化けての大冒険なのだろう。

本体姿で散歩に出たときより、目を輝かせている。

「それより永ちゃん、劫くん。赤ちゃん姿でリュックイン抱っこは平気？　本当は抱っこ紐があるといいんだけど――。あ、手を貸してあげれば、お座りができるから、中でそうしてもらっていたら、どうにかなるかな？」

大和はいったん二人を座敷へ下ろすと、ミックス粉を詰めてきたリュックの底から、宿泊用の着替えをまとめた袋を取り出した。

重さだけなら、ミックス粉と大差がないだろうが、問題は姿勢だ。

「あうあう」

「ばぶ〜っ」

二人は「平気！」「大丈夫！」みたいな反応だが、こればかりは入れてみないとわからない。

それにしたって、二人が人間の赤子だったら、これをするかどうかと考えると、大和はやはり躊躇《ためら》う。

以前、リュックに入れて運んだときにはみんな仔犬だったからできたことだ。

すると、これを見ていた狐塚が、思い出したように声を発した。

「なあ、烏丸。俺が前に買ってやったペットカートはもう壊れたのか？　見た目はさておき、用途だけなら、人間用と大差がねぇと思うけど」

「あ、そうでした！　滅多に使うことがなかったので、うっかりしてました」

両手をポンと叩くと、烏丸が店の奥の扉から出ていった。

そして、急いで戻ってきたときには、中型犬くらいまでなら運べそうなペットカートを押している。

ぱっと見た感じは、蓋つきの乳母車といったほうがしっくりくるような形で、頑丈《がんじょう》そうな土台と枠が黒くて厚いオックスフォードポリエステル生地で包まれている。

ただし、両サイドと正面、そして頭上にはメッシュ窓がついており、中から外や飼い主の顔が見えるだけでなく、通気性もバッチリだ。

「大和さん。差し出がましいようですが、こちらでよければベビーカーの代わりに」

「わ！　ありがとうございます！　これなら座布団を敷いて、ハーフケットを一枚入れたら、二人が寝転がれそうですね」

大和は早速カートの中に、座敷に詰まれていた座布団を敷いて、永と劫愛用のハーフケットも入れてみた。

「えっちゃんとごうちゃんの動くベッドが完成だ！」

「うん。未来くん。いただきものを入れて戻ってくるときも、これなら楽チンだね」

出来上がったカートの床に、今度は永と劫を順番に入れてみる。

すると、二人が寝転がって入っても余裕があるためか、喜び勇んで身体を揺らしたり、四肢をバタバタさせている。

そんな二人にハーフケットをかけると、まさに動くベッドだ。

永と劫は気持ちよさそうに「うぶぶ」「あう〜っ」と声を発しつつ、閉じられた蓋のメッシュ窓から大和のほうを見てくる。

（か、可愛い――っ‼）

狼や烏丸が別の意味で心配になりそうなくらい、更にデレデレだ。

それでも大和は気合を入れて、財布とスマートフォンを入れたリュックを背負うと、

「では、行ってきます！」

烏丸に店の扉を開いてもらって、カートを押して外へ出た。

未来もスキップをしながらあとを追う。

「そしたら、鳩会長」

「承知しました、ドン・ノラ。では、ここは私が空から護衛しますので、お食事が終わりましたら、先にお店へ」

「はいよ。ちゃんと店は開けておくから、任せとけ」

ドン・ノラとの短いやりとりのあと、鳩会長も大和と未来を追いかけるようにして店を出る。

「大和さん。空よりお見送りさせていただきます」

「あ、すみません。お食事中だというのに」

「お気になさらずに。さ、まいりましょう」

紳士の姿から変化を解くと、彼は鳩となって、太陽が西へ傾き始めた空へ舞い上がる。

これはこれで見ていて爽快《そうかい》だ。

「じゃあ、行こう。未来くん」

「うん！」

そうして大和は狭間世界からの門を抜けて、再び人間界へ戻った。

（うわっ！　楽だ！　やっぱり僕も自転車を買おう。前後に大きめな籠のついている三輪の自転車とかだったら、倒れる心配もないだろうし。何より三匹になった状態でも、多少の遠出ができそうだしね）

遠くからなら、中に双子の赤ん坊が入っているとは気づかれない黒のペットカートを押しながら、未来とちょっとした散歩を楽しんだ。

4

種族や固体によっても妖力差がある中、狼や未来たちが人間界で変化を維持するには、持ち前の妖力に加えて、太陽や月のエネルギーを借りていた。

永と劫は、一度人間の子に変化すると、耳と尻尾つきの獣人ベビーのときより長い時間、元の姿には戻れなくなってしまう。

早くても半日後だと、狼から説明をされたことがあるので、双子の変化に関しては大和も安心をしていた。

そうなると問題は未来だが、今日は朝からの晴天で、今も空には雲一つない。

また、ここのところの日没は六時半くらいなので、これからでも二時間程度は余裕がある。

仮に変化が解けても、そのシーンを人に見られさえしなければ、仔犬になるだけだ。

このあたりは、幼少時までの特権と言えようが、充分ごまかしが利くので、大和はとりあえず時間だけは気にすべく、隣を訪ねる前にスマートフォンのアラームを六時にセットしておいた。

　未来や永と劫が「おばあちゃんに会いたい！」と言う限り、お惣菜だけをもらって、すぐに帰ることはない気がした。

　また、それはおばあちゃんにも言えるのでは？　という予感もあったからだ。

「え⁉　まあ！　まあまあまあ！　この前の天使ちゃんたちじゃないの！　お友達のところって、天使ちゃんたちのお家だったの？」

「はい。おばあちゃんのところへ行ってくるねって言ったら、会いたいっておねだりされたので、一緒に連れてきたんです」

「そうなの！　嬉しいわ。ちょっと待って。狭いけど、よかったら少し上がっていって。玄関先じゃ、ゆっくり抱っこもできないし」

　案の定、お隣のおばあちゃんは、未来たちが何か言う前に、大和たちを部屋へ誘ってきた。

　両手に永と劫を抱えた大和を先に部屋の奥へ通して、未来にあとを追わせる。

　最後に扉を閉めてから奥へ入ってきたおばあちゃんに、「座ってて」と明るく声をかけられて腰を下ろす。

　座卓の下には、毛足の長いラグが敷かれていてフカフカだ。

「あう〜っ」

「えーと。双子のお姉ちゃんのほうね」

「えっちゃんだよ。でもって、弟がごうちゃん。未来は未来！」

「そうそう。永ちゃんに劫くんに未来くんね。あ、未来くんはりんごジュース飲める？」

「うん」

「なら、今持ってくるから、ちょっと待っててね」

　１Ｋの間取りは、大和の部屋とは逆の造りになっているが、角部屋ではないので左右の壁には窓がない。ベランダへ続く正面のテラス窓があるだけだ。

だが、さほど荷物が多いわけではないらしい老女の一人暮らしとあって、荷物の大半は備えつけのクローゼットに収められているらしい、目につくのはソファベッドと座卓とテレビボード、あとはご主人の遺影《いえい》が飾られた収納つきの仏壇《ぶつだん》くらいだ。

だからといって、彼女が天涯孤独《てんがいこどく》なわけではない。

そもそもこのマンションの持ち主が親戚で、持ち家は子供世代に譲った上で、元気なうちはお一人様生活を満喫したいという本人の意思でここにいる。

親戚からすれば、せめて別の階の２ＬＤＫくらいにすればいいのに――と、勧めたらしいが、そこは家賃がどうこうより掃除が面倒だから狭いほうを選んだという。

また、天気の日は決まって新宿御苑の散歩道でウォーキングに励《はげ》んでおり、心身共に元気なおばあちゃんだ。

（なんか、いつもの昭和《しょうわ》なおばあちゃんの雰囲気と、部屋の中が違う……）

ただ、これまで玄関先の立ち話だけで交流をしてきた大和は、初めて隣へ上がらせてもらったことで、部屋の家具や装飾がオフホワイトとパステルピンクで統一されたプリンセスルームだったことを、たった今知った。

自分の部屋と同じ広さの一室が、フリルとレースに彩られると、こんなふうになるんだな——と、これこそ新たな発見だ。

感心している大和をよそに、永と劫は「きゃっきゃ」し、未来も「可愛い」と言いつつ、物珍しそうに見渡している。

確かに本人の言う「お一人様生活」を満喫しているのが見てわかる状態だ。

ただ、仏壇までもが、猫足のついた観音開きの収納棚を改造したものだったのが、衝撃と言えば衝撃だった。

遺影のおじいさんがとても恥ずかしそうな笑顔なのが、妙にマッチしている。

（まさか亡くなったご主人も、フリルたっぷりのレースカーテンつきの仏壇に入るとは、たったの一度も思わなかっただろうな——。でも、いつもニコニコしているおばあちゃんに可愛い花を飾ってもらって、可愛いベルのりんで、ハーブ系っぽいお香を焚いてもらうって。宗派的なことはさておき、すっごく成仏してそうな気はする。大事にされているのがひと目でわかるし——。何より、おばあちゃんが生き生きしてるもんな）

大和が食い入るように見ていたためか、

「ビックリしたでしょう？　ごめんなさいね。でも、死ぬまでに一度でいいから、こういう部屋で暮らしてみたかったのよ」

おばあちゃんが説明してくれた。

両手で持った白いトレーには、すでに持ち帰り用のビニール袋に入れられたお惣菜の容器が三つと、リンゴジュースの入ったグラス二つが置かれている。

これらをトレーごと座卓に置いて、「どうぞ」と未来と大和に勧めてくれる。

「――でも、いざ好き勝手やったら、そう簡単には死ねないって思ってしまったわ。だって、片づけに来た子供や親戚に一生分の笑い話を提供しかねないし。だからここは、いずれホームに入るときが来るまでのお楽しみなの」

そうして、改めて永と劫に手を伸ばすと、おばあちゃんは二人を交代に抱っこし、嬉しそうにあやしていく。

その間、大和と未来は「いただきます」と言って、グラスを手に取った。

「おばあちゃん、すっごく嬉しそう。よかったね、未来くん」

「うん！　大ちゃんちのお隣のおばあちゃん、すっごく優しい匂いがするよ」

「そうなんだ」

（優しい匂いか。これって、僕らの言う雰囲気みたいなものを嗅覚が感知するってことなのかな？）

そんな話をしていると、おばあちゃんは最後に未来にも両手を広げた。

未来が「へへっ」と照れつつ、抱っこというよりは、ハグをしに行く。

見ているだけで、大和も温かい気持ちになった。

ふと目が合った遺影のおじいさんも、同じように感じているのではないだろうか？　と思ってしまう。

「あー。なんて幸せなのかしら。不思議よね、赤ちゃんや未来くんみたいな子供がくれるこの安らぎというか、幸福感というか。もちろん、これって未来くんのお行儀がよくて、永ちゃんと劫くんの人見知りもないからなんでしょうけど」

大満足したらしいおばあちゃんが、ハグを解くと、未来を隣へ座らせる。

「ねえねえ、おばあちゃん。このご飯、全部おばあちゃんが作ったの？」

「そうよ。大和くんにはいつもよくしてもらっているから、おばあちゃんはりきっちゃった。そうだ。未来くん、お味見してくれる？」

「うん！」

おばあちゃんが未来の返事と共に、今一度キッチンへ向かい、肉じゃがを盛りつけた中鉢と小皿二枚、割り箸《ばし》を二膳《にぜん》持ってきた。

大和の前にも「よかったら」と出してくれるが、ここは会釈だけをして、未来に食べてもらった。

タッパーでもらっている上に、再び両手に永と劫を抱えていたからだ。

「おいしい！　ジャガイモがホクホクだよ、大ちゃん」

すると、ここでも未来は片手でほっぺたを押さえながら、笑顔を炸裂《さくれつ》させた。

その様子を見ているだけで、おばあちゃんも幸せそうだ。

「よかったね。未来くん」

「本当、お口に合ってよかったわ～」

「狼ちゃんのご飯もおいしいんだよ」

「ん？」

しかし、突然出てきた狼の名に戸惑《とまど》ったのか、ふっと大和のほうを見た。

「あ、未来くんたちと一緒に住んでいる叔父さんです。とても料理が上手なんです」

要点のみの説明になったが、大和はあえて、彼が店主であることは言わなかった。

——それなら今度行ってみようかしら。

などとなっては、逆に大変だからだ。

「そうなの。それじゃあ、未来くんたちはいつも美味しいものが食べられていいわね」

「うん！　でも、おばあちゃんのも、未来好きだから！」

「そう言ってもらえると、練習した甲斐があったわ。本当！　その言葉、死んだおじいさんにも聞かせたいくらい」

「――ご主人に、ですか？」

話の流れから、おばあちゃんと大和の視線が、今一度仏壇へ向いた。

「そう。別に料理人だったわけではないのよ。素人も素人！　それこそ新婚当時、私があまりに不器用だったから、仕方なく台所に立ち始めたくらいの。ただ、何をしても器用な人でね。料理にしても、特別凝ったことをするわけでもないのに、すごく美味しく仕上げる人だったの。それこそ、市販のめんつゆで作っていたはずなのに、肉じゃがなんかもとっても美味しくて」

大和は初めて聞く話だったが、これだけでも仲のいい夫婦だったことがよくわかる。

しかし、ここで未来が「ぷぷっ」と噴いた。

「狼ちゃんみたい」

「え？」

めんつゆに反応したのだろう。

だが、これがまたおばあちゃんを戸惑わせる。

「いいえ！　その……。未来くんの叔父さんが、ものすごいめんつゆ愛好者で。使えるものは使うというか、企業努力リスペクトがすごくて。それこそ、全国から集めためんつゆの味の違いをしっかり理解していて、用途別に使い分けるくらい。めんつゆに関しては、右に出る者がいないような使い手なんです！」

大和が説明するも、少し盛ってしまったか？　と、不安になる。

しかし、以前狼から嬉々として見せられためんつゆを、それも全国制覇《せいは》する勢いで揃えられた数を思い返すと、

（――いや！　これでもまだ褒《ほ》め足りない!!）

大和にはおかしな自信が湧き起こった。

「まあ、そうなの。そうしたら、おじいさんの使っていためんつゆが、どこのものなのかわからないかしら？　私、自分ではセールに合わせて、あれこれ買ってしまっていたから、よくわからなくなっちゃって」

「どこのめんつゆ？　ですか」

ただ、あまりに我がことのように自慢したからだろうか？

おばあちゃんが再び席を立つと、キッチンから肉じゃがに使用していただろう、めんつゆのボトルを持ってきた。

「こういう、昔からあるようなメーカーさんのものを使っていたことは、確かだと思うのよ。使う材料や分量、作り方なんかも、ラベルに書いてあったレシピを読んで、そのとおりにしていたし。私もそうした手順だけは、たまに調理していた姿を見て覚えていたから、あとはめんつゆだけ同じものがわかれば、おじいさんの味が再現できるかしら？　って」

そうしてボトルを大和に差し出して、

「ただ、これでも今使っているものが、一番近い気はするんだけど、何か違っていて。なんていうか、もう少し旨味？　甘みを感じたというか。だから、少し多めに入れてみたりもしたんだけど。味が濃くなるだけで、違うわ——ってなってしまって」

これに近い味のもので、何か知らないだろうか？　と聞いてきた。

「そうなんですか——」

大和は抱えた永と劫や未来と一緒になって、よくある一リットル入りのボトルをジッと見た。

だが、それは確認するまでもなく、国内でも代表的な大手メーカー、寺田《てらだ》食品のめんつゆだ。

それこそ大和も他社スーパーの特売で見かけたときには、何度か買ったことがある。

「大ちゃん！　狼ちゃんならきっとわかるよ！　だって、あんなにいっぱい持ってるし、知ってるんだもん！」

すると、未来が力強く言ってきた。

——うん！　そうだね。

大和もそう言いたいのは山々だった。

しかし、さすがにこれは、安請《やすう》け合いができることではなかった。

そもそも同じ材料を用意しても、作り手や工程によっては、微妙に仕上がりが変わったりするのが料理だ。

それが証拠に、大和は狼が比較的によく使っているめんつゆと同じメーカーのものを持っているが、自宅で作ってみても〝飯の友〟で出される品と同じ味になったことがない。

最初は大和自身の目分量で進めてしまうところにも問題があるのだと反省し、それこそ狼がしていたように、ラベルに書かれていたレシピどおりに作ってみたが、やはり違ったのだ。

何度となく挑戦はしてみたが、「違う」とわかる以上の成長がない。

狼は「それがわかるだけでも味覚がいいんだと思う」と褒めてくれたが、それなら余計に結果を求めたくなるのが人情だ。

味覚がいいのに料理下手は逆に悔《くや》しい。

おそらくおばあちゃんも、似たような感じで思い出の味を追い求めているのだろうが、これればかりは――だ。

だからといって、少しでも自分にできそうなことがあるならばと考えてしまうのも、また人情だろう。

「おばあちゃん。そうしたら、まずは未来くんの叔父さんに聞くだけ聞いてみますから、もう少し詳しく教えていただけますか？　たとえば、それは何年ぐらい前の話なのか。わかるようなら、ジャガイモの種類がどうだったとか」

大和は思い切って、おばあちゃんに聞き返した。

「え？」

「僕は料理はいまいちですけど、野菜は詳しいので。それこそジャガイモは品種が違えば、同じ調味料を使ったり作り方をしたりしても、出来上がりが違いますし」

実際、自分たちが食べたこともない肉じゃがに使用されためんつゆ探しは、狼でも難しいと思うが、もしかしたらそれ以外に違いがある可能性だってある。

また、自分たちが知らないだけで、狼なら「これか？」と見当をつけてくれる可能性もゼロではないだろう。

それこそ、聞いてみるまではわからないのだから。

「そう。でも、お芋は男爵《だんしゃく》だったし、人参や玉葱も普通にスーパーで売っているものだったわよ。なんていうか、ほら。普通にビニール袋に一キロとか、三本とか、そういう一般家庭用に売っている、どこでも見るようなもの」

大和が乗り気になったことで、おばあちゃんも身を乗り出して話してくれた。

（――ってことは、農協の規格に沿った、本当に一番よくあるタイプの人参にジャガイモに玉葱ってことだよな）

まずは、ジャガイモそのものの品質に違いはなく、おそらく人参や玉葱といったものにも、普通に食べ比べてわかるほどの違いはないだろう――ということは、理解ができた。

もちろん、野菜にも旬やその年によっての出来があるので、同じように見えても「今年は別格だ」というケースがある。

この時点で、同じめんつゆとレシピを使ったとしても、「いつもより美味しい」「なんとなくいつもより残念」という感想が出てきても不思議はない。

しかし、おばあちゃんが求めているのは、そうした特別な理由のない、いつもの肉じゃがだ。

一年を通して大差なく、ほぼ同じだと感じるように仕上がる味。

おそらくは、農協規格の平均的な質と味のもの――ということなので、大和はおばあちゃんが結婚当時から選んで買っているだろう、一番スーパーで見かける個包装タイプの男爵、人参、玉葱を思い浮かべた。

ここは変に悩まなくてもいいだろうと考えたのだ。

「お肉は国産の豚バラでいいんですよね？　黒豚とか、ブランド豚とか、そこはどうです？」

そうなると、味にまで響いてくるのは肉じゃがの肉だ。

特に旨味や甘みというなら、脂身の味はかなりの決め手になる。

「そうね。そこも、昔からオレンジストアで売っている普通の国産よ。ただ、肉じゃがは豚バラ。クリームシチューは鶏モモ。カレーは牛の切り落としっていうのは、変わらないこだわりだったわ」

大和は、ここでストアの名前が出たことで、本当に買い物内容が特別であったり、変わっていたりというわけではないのだな――と確信した。

オレンジストアは昔からあるスーパーマーケットで、大和が生まれる前から全国展開をしているような、業界内では国内屈指《くっし》の大手だ。

ここからもそう遠くない場所にあり、狸たちに協力を求めれば、これまで棚に置かれてきためんつゆの種類も調べてもらえるかもしれない。

「素敵な思い出ですね。それに、おばあちゃんのおかげで、実はお料理が趣味になっていたのかもしれないですよ」

「だといいけど――」

こうして大和は、自分が思いつく限りの話を聞いて、途中からは永と劫をおばあちゃんと未来に預けて、スマートフォンにメモを取った。

そして、その際に時間を確認すると、あっという間に六時近くになっていたことから、お暇《いとま》することを決めた。

「それじゃあ、いろいろなお惣菜をありがとうございました」

「変なことになってしまって、ごめんなさいね。けど、どこのめんつゆなのか、わからなくても気にしないでね。久しぶりに、おじいさんの話ができただけで、充分楽しかったから」

「はい」

こうして大和と未来たちは、おばあちゃんお手製の惣菜をもらって、マンションをあとにした。

大和は今夜にでもめんつゆの件を、狼に相談してみようと思った。

＊　＊　＊

途中から話が逸れた上に、一緒になって真剣に耳を傾けていたためか、帰り道の未来は行きほどの勢いがなくなっていた。

しかし、それは永と劫も同じで、今にも眠ってしまいそうだ。

「話し込むうちに、大分時間が経っちゃったね。大丈夫？　未来くん。なんなら、永ちゃん、劫ちゃんと一緒に中へ入って、変化を解いてもいいよ」

大和はマンションから出て、三分も歩かないうちに未来に声をかけた。

「未来は大丈夫だよ」

「でも、耳が出かかってない？」

「あ……。うん」

すると、確かに妖力が弱まっているのか、もしくは太陽が沈みかけているので補助力が足りなくなっているのか、今にも耳が出そうだった。

それが自分でもわかると、未来は素直にカートへ入りながら変化を解いた。

豆柴の幼犬サイズな本体に戻って、赤子のままな永と劫と一緒に運ばれる。

中には、もらった惣菜容器も一緒だ。

「えっちゃん、ごうちゃん、狭くなっちゃってゴメンね。でも、これ、すごく楽しいね」

しかし、いざ入ってみると、未来は実は最初から入ってみたかったんだろうとわかるくらい、ご機嫌に尻尾を振っていた。

「あぶ～っ」

「ばぶ～っ」

永と劫も、未来を真ん中にして自分のほうから身体を寄せて甘え始める。

(だよね――。僕だって一緒に入れるものなら、入りたいもん)

未来が蓋部分のメッシュ越しに見上げてきては、耳をピコピコするものだから、大和などいっそうご機嫌だ。

そうして大和は、未来たちを更に楽しませようと大分普段よりゆっくり歩いて、旧・新宿門衛所を通った。

〝飯の友〟へ到着したときには、すっかり日が落ちていた。

「ただいま戻りました」

ガラガラと引き戸を開いて声をかけると、すでにドン・ノラや狐塚はいなかった。

ドン・ノラはともかく、今夜は狐塚も早めの出勤だったようだ。

「お帰りなさい。大和さん」

「あーあー。結局、未来までそれか」

カートごと店へ入ると、まずは未来が中から顔を覗かせた。

「えへへっ。おばあちゃんのところでは大丈夫だったよ。でも、お部屋を出たところで、お耳が出そうだったから、大ちゃんが一緒に入ったらいいよって」

こうして帰宅しても本体のままでいるということは、やはり思った以上に妖力を使っていたようだ。

大和がざっと店内を見渡すと、カウンターに一人分の食事やお酒が並んでいる。

(今夜のお客さんは誰だろう？　もしかして、初めましての方かな？)

などと思ったときだった。

「――お！　なんだなんだ？　初めて見るな、その秘密兵器な乗り物！　あ、大和くん。こんばんは～」

店の奥にあるお手洗いから、耳と尻尾を出したスーツ姿のサラリーマンが出てきた。

（あ！　なんて丁度いい。めんつゆの相談ができる）

大和は瞬時に思ったが、珍しく一人で来店していた狸里は、すでにほろ酔いで、いつにも増して上機嫌だった。

「こんばんは、狸里さん」

「へへへっ。いいでしょ～」

「うんうん。これなら未来くんやベビーちゃんたちが、どんな姿をしていても、人間界へ行けるな～。いいな～。俺も一緒に入っていい？」

「いいよ～」

「あぶ～っ」

「ばぶ～っ」

大和たちの側まで来ると、目の前で変化を解く。

「え⁉　狸里さん！」

狸里は本当に元の姿に戻ると、ペットカートに飛び込んだ。

中から惣菜容器の袋を掲げて大和に手渡し、自ら作った空きスペースに身を丸める。

しかも、そのままグーグーと眠ってしまった。

「え？　え？　ええっ⁉」

「わ！　狸《まみ》ちゃんの毛皮、艶々《つやつや》のもふもふ～っ」

「「ばぶぶ〜っ」」

突然のことに困惑する大和も、カート内の狭さも、こうなると誰も気にしない。むしろ、寝息さえ立て始めた狸里につられたのか、未来たちもそのまま彼に被さるようにして、うつらうつらし始める。

(あ、落ちた)

未来と永と劫は、見る間にくたっとして、眠ってしまった。

やはり、マンションまでの往復二時間が、思った以上に利いていたようだ。

同じ変化であっても、耳と尻尾が出ている獣人に比べて、完全な人間の姿になるのは妖力を使う。何より、バレないように神経質になるらしいので、実はそこが一番疲れるのかもしれない。

「烏丸。悪いが、全員母屋に連れていって、寝かせてやってもらえるか」

見ていた狼が、ここでやれやれと声を発した。

「承知しました。この分だと、未来さんたちは朝まで起きそうにないですし。狸里さんに関しては、こちらが気を遣わなくても、ご自分で出勤に合わせて起きられるでしょうからね」

そう言うと烏丸は、大和から二人と二匹を乗せたペットカートを受け取り、店の奥から裏へと出ていった。

入り口から正面奥のスペースには、お手洗いと外へ抜ける二つの扉が向かい合う形で設置されているのだ。

「珍しいですね。狸里さんがお一人でいらしているのも、あんなふうに酔って眠ってしまうのも初めて見ました」

出入り口に残された大和が、惣菜を持ってカウンターへ向かう。

「今夜の鼓は、上司の指名で接待に付き合わされているそうだ。日頃面倒を見ている後輩がいない分、気が抜けたんだろう。久しぶりに定時に退社したからって、勢いよく飲んで、あっという間に出来上がりだ」

「そうだったんですね。けど、そうしたら今頃、鼓さんも大変なんでしょうね」

話をするうちに、大和は先日の居酒屋での出来事を思い出した。

さすがに接待というなら、仕事であれはないと信じたいが――。

それでも、今もあの上司――係長と一緒なのかと想像すると、失礼だとわかっていても、鼓が気の毒に思えてしまった。

大和自身は、そうした他社の担当者との接待仕事はないし、上司や先輩を見渡しても、飲みの席で下の者をネタにしたり、貶《おとし》めたりして喜んでいる者はいない。

それこそ、以前海堂が何かにつけて大和を何でも屋要員にしていたときでさえ、飲みの席でまでこき使われた覚えはない。

白兼に至っては、逆にここぞとばかりにいいところを見つけて褒めてくれるくらいで。当時の研修から一年目に配属されていた他店舗でも、コンプライアンスが徹底しているだけあり、上からのハラスメント的なことを感じたことはなかった。

しかし、これがどれ程すごく、決して当たり前のことではなかったのだと痛感したのは、狸里たちの扱われ方を見たからだろう。

今更〝自然力〟の幹部たちの日々の努力と、社員教育の成果を見たようだった。

「──そうだな。狸里も、明日は鼓の愚痴聞きになるだろうから、今夜のうちにストレス発散するんだとか言っていたしな」

大和はそんな話をしつつも、狼におしぼりを出されて、ハッとした。

(普段の仕事だけでも大変だろうに、変化に気力と妖力を使った上に、人間関係にまで気を遣うだなんて──狐塚さんもすごいけど、狸のお二人も本当にすごいや)

カウンターチェアに腰を落ちつけつつも、大和は狼が作業のために背を向けたところで、深い溜息を漏らす。

だが、その途端に狼が振り返ったので、ぎくりとした。

「──あ。ところで、大和。そのいただきものは冷蔵庫に入れておかなくていいのか？　それとも今食べるのか？　夕飯はこれからだよな？」

聞かれると不思議なもので、急にお腹か空いてくる。

「あ、そうだ。晩ご飯！　食べます、ミックスフライ定食。せっかくなのでお惣菜も少しいただくことにしますが、メインは定食でお願いします」

「了解」

大和は内容だけは知っている、本日のお任せ定食を頼むと、一緒にもらってきたお惣菜入りの袋を狼へ預けた。

すると、調理場の壁に造りつけられた、本来なら日本酒などが飾られていそうな棚に並ぶめんつゆが目に入り、ここでもまたハッとする。

「あ、それから、あとでいいので、相談に乗ってほしいことがあるんですけど」

大和はこれ以上何かに気を取られて忘れないように、先に話を切り出した。

「相談？　俺に？」

「はい。実は、このいただいてきた中の、肉じゃがのことなんですが――」

狼は「肉じゃが？」と首を傾げつつも、快《こころよ》く話を聞くことを了解してくれた。


この日の晩ご飯は、ミックスフライ定食におばあちゃんのお惣菜までつけてもらって、とても豪華になった。

（鮭フライって、あんまり食べる機会がなかったけど、衣サクサクで身がふわふわ。鮭も新鮮《しんせん》な上に脂が乗ってて、狼さんの揚げ加減も絶妙なんだろうけど、塩でもタルタルソースでも、ウスターソースでもいける！　ホタテもぷりぷりで、アスパラも太くてジューシーで。今夜も絶好調で箸が進む！　間に飲む赤出汁のキノコ汁がまたさっぱりしていて、これまた白いご飯に合う！）

そして、今夜に限って他にお客さんが入ってこなかったことから、大和は食事がてら狼にめんつゆ探しの話をした。

「ご馳走様でした」

食べ終わる頃には、一通りの説明が終わり、また食器類は烏丸が下げてくれる。

「――それで、おじいさんが愛用していためんつゆ探しを引き受けてきたのか」

狼は中で烏丸から食器を受け取り、それらをいったん洗い場に置いた。

しかし、今は大和の話を聞いていたからか、食器類を水に浸すまでしたが、それ以上のことはしなかった。

それは烏丸も同じだ。

小まめに動いているが、会話の邪魔になるような物音は決して立てない。

「はい。一応、おばあちゃんが覚えている限りの状況、材料、手順は聞いてきたんですが。僕自身は家で使っていたものか、今店で取り扱っている商品しかわからなくて。けど、有機食材中心という店の性質上、昔から一般家庭に定着しているような種類のものは扱っていなくて。むしろ、少数生産の無添加系なら、名前だけはわかるんですけど」

「まあ、大和の勧め先だと、そうなるよな。とりあえず、その肉じゃがの味見をさせてもらっていいか」

「はい。お願いします」

狼は大和がもらってきた容器の中から、肉じゃがを小皿に取り出した。

そして、利き手に箸を持つも、まずは小皿を鼻先に引き寄せ、クン——と、肉じゃがの香りを確かめる。

（やっぱり匂いの確認から入るんだ。自分で獣舌って言うだけあって、味覚より嗅覚での判断のほうが大きいのかもしれない）

幾度かクンとしてから、その後は「いただきます」と言って、まずはジャガイモを頬張った。

ゆっくり味わいながら、人参、玉葱、豚バラ肉と一つ一つ味見をしていき、最後に小皿に少しばかり残った煮汁を口に含む。

しばらく口内に留めてから、ゴクリと飲み込む様子は、ワインのテイスティングに似ていた。

「……わかりますか？」

大和は、わずかでも手がかりや可能性があることを願って、狼に訊ねる。

すると、狼は「そうだな――」と言って、背後の棚に手を伸ばした。

そして、めんつゆを選ぶと、カウンターの上に次々と並べ始める。

それはどこのスーパーでも扱っている大手メーカーのもので、K社をはじめ、S社、N社、H社、Y社。最後は大和の家にもある、寺田食品のものも置いた。

「鰹《かつお》だしに濃い口醤油で甘みも強い。老舗《しにせ》か大手メーカーが関東向けに出しているものだと思うが、おばあさんが言うには、これより旨味や甘みが強いんだよな？」

しかも、狼はそう言って、大和がまだ説明していないにもかかわらず、試食した肉じゃがに使われているめんつゆを「これ」と指差した。

瞬間、大和の中に〝見つかるかも！〟という可能性が生まれる。

「はい！　この肉じゃが自体は、それです。寺田食品さんの濃縮五倍タイプの鰹だし。これで作ったものだと言ってました。ただ、ラベルにあるレシピどおりにきちんと作っているそうなんですが……、微妙に違うようで」

「うーん。これより甘みが強いとなったら、N社なんだが。旨味もとなると、旨味三昧を出している寺田のほうがとは思うしな。かといって、何をもって旨いと感じるのかには、個人差もあるからな――」

狼は、続けて他社の中でも甘めな味つけのものを選ぶが、ここは首を傾げていた。

狼も言ったが、味覚の個人差は最大の問題であり壁だ。

好みの差まで含めたら、無謀《むぼう》としか言えない捜し物なのだから——。

「ですよね」

「なんにしても、俺の記憶も怪《あや》しいところはあるからな。試してみないと始まらない。実際に作って食べ比べてみよう」

それでも狼は、大和が肩を落としかけると調理場の下から寸胴鍋《ずんどうなべ》を取り出して見せた。

直径30センチ、容量14リットルのそれは、業務用の寸胴鍋としては小型だろうが、それでも用意されたのは一つではなく、二つだ。

大和からすれば、寸胴鍋一つ分でも多くないか？　と思うのに。

ましてや今は、営業中だ。

「え!?　今からですか？　お店はいいんですか？」

「いいも悪いも、店主にめんつゆの話を持ってきたら、こうなりますって」

しかも、驚く大和をよそに、烏丸が背負い籠の中に材料を入れて裏から運んできた。

いつの間に？　と思うも、彼のことだ。大和が話を始めたときには、こうなることを想定していたのだろう。

「烏丸さんまで」

「大丈夫ですよ。未来さんたちは、ちゃんと寝かせてきましたし。これからお客さんが来たとしても、今夜は仕込みをしながらなので、お任せのみでお願いしますので、すみます。

それを納得してくれる方しか来ませんし、場合によっては手伝ってくれますよ」

烏丸はそう言って笑いながら、ジャガイモをはじめとする材料の入った背負い籠をドンと座敷へ置いた。

目分量でも二十キロ以上はありそうだ。

狼でさえ、「どさくさに紛れて、他の仕込み分も入ってるんだろう」と、微苦笑を浮かべたほどだ。

「まあまあ。とにかく皮剥きから始めましょう。さ、大和さんも。あ、ちなみにこれらの材料は、先程話していた農協基準と大差はないと思いますので、ご安心を。味は狸里さんの保証つきですので」

「は、はい！」

それでも烏丸の一言で、大和は狼たちとジャガイモ、人参、玉葱の皮剥きをすることになった。

座卓にシートを敷き、包丁を用意し、まずはジャガイモからだ。

（ピーラーじゃないんだ。しかも、男爵。メークインならまだしも、男爵）

大和はこの時点で、嫌な予感しかしなかった。

しかし、狼と烏丸は慣れた手つきで、ジャガイモの芽に気をつけながら、器用に皮を剥いている。

「――一言で〝めんつゆ〟と言っても、地域によって出汁から醤油からすべてが違うし、そこを活かして地元の特産品にする場合も多いからな。それこそ、手軽に地元以外の料理を食べようと思うなら、その土地のめんつゆで煮物や天ぷら、そばやうどんなんかを作ってみるのが手っ取り早いくらいだし」

こうしている間も、狼は自身のめんつゆ知識や使用記憶から、先ほどのめんつゆ以外にも、該当《がいとう》しそうなものがないか探しているようだった。

手こそ動かしているが、視線の先には別のものがあるように思える。

「ただ、おじいさんが亡くなったのが五年前で金婚式の年だったってことは、仮に結婚当時から使っていためんつゆを探し当てたとしても、それ自体の味が変わっている可能性がある。大手メーカーの定番商品であっても、周期的に味を見直すし、リニューアル販売をすることもあるからな」

大和は狼の話に耳を傾けながら、もっともだと頷くばかりだった。

同時に、狼の頭の中には、めんつゆ辞典でもあるのだろうか？　まで、思えてきた。

最初はいろいろ試すうちに増えたんだろう、味の違いにも詳しくなったんだろうと考えていたが、製造元やら商品の歴史背景的な知識まで加わってくると、めんつゆ愛好者を超えて研究家の域だ。

大和は改めて感心してしまう。

「あとは――。年と共におばあさん本人の味覚が変わっていても、不思議がない。無意識のうちに好みが変わることだってある。何より、歳月をかけて熟成《じゅくせい》しているだろう愛情と思い出は、どこにも売っていないし、どんなに優秀なメーカーや一流の料理人でも、作れるものではないからな。結局一番難しいのは、ここだろう」

狼はそれからも器用にジャガイモの皮を剥きながら、おじいちゃんとおばあちゃんの思い出のめんつゆについて、自分の考えを話し続けた。

「むしろ、どんなメーカーのものを使っても、おじいさんが作ってくれたら、それはおじいさんの味だしな。まあ、それでも誰かが自分のために何かをしてくれたという感動は、特別な調味料になる。それが喜びになり、新たな〝美味しい〟に繋がり、大切な思い出に深みが増すなら、俺たちがこうして手間暇をかける甲斐はあるってものだ」

何をどうしたところで、近い味は見つけられても、おじいさんの味は見つけられない。

自分には近い味しか作れない。

それを承知で作業し始めていることを明かした上で、それでも狼なりにやり甲斐を見出して、作業を始めたことを教えてくれた。

これに同意するように、烏丸も小さく頷いている。

（狼さん。烏丸さん）

大和は胸が熱くなると同時に、「よし！」と気合を入れ直して、ジャガイモの皮を剥き始めた。

「あっ！」

だが世の中、気合だけで思いどおりになるとは限らない。

大和が思わず声を漏らす。

「どうした？」

「すみません。あの……ジャガイモの、皮が……」

大和は包丁で皮を剥いたジャガイモが半分以下の姿で手中に残ったものを、狼たちに見せた。

分厚く剥かれた皮には、それだけ可食部がついており、まるでメロンかパイナップルの皮でも外したような厚さになっている。

「ごめんなさい。この手の皮はピーラーでしか剥いたことがなかったもので。あ！」

しかも、言い訳にすらならないことを正直に話す間も、包丁を握る右手が揺れて、自身の左手を切りそうになる。

「大和さんっ」

「あ、切ってないです。大丈夫です」

大和は烏丸を安心させる意味で、一度包丁を置いた。

瞬時に、対面に腰を下ろしていた狼が回収していく。

「すまなかった。先に聞けばよかったな。そうしたら、大和は玉葱の皮を剥いてくれ。切り口は俺が入れて渡すから」

「……はい」

遠回しに「今後は刃物を持たなくていい」と言われて、ここから大和は玉葱の皮剥き係になった。

（これって、未来くんでもできるお手伝いなんじゃ？）

ふと、以前狐塚に言われた「料理が狐以下って、人としてヤバいだろう」を思い起こした。

狼や烏丸が達者なのは確かだが、すでにオオカミ以下だし鴉以下だ。

そうしてそこまで考えると、

（きっとオコジョや鳩、狸にも敵わないんだろうな――）

余計なことまで考え初めて、すっかり肩を落としながら玉葱の皮をペリペリ剥いていった。

すっかり店内がどんよりしてしまう。

すると、

「あ、大和。さっきの彼は、夜食にするか。待ってろ、今作ってやる」

狼が思い立ったように言ってきた。

「――ありがとうございます」

よくわからないまま返事をするも、その後、大和が厚く剥きすぎてしまったジャガイモの皮は、狼が綺麗に洗って細切り。

カラッと油で揚げて塩をパラパラ、フライドポテトになって夜食として出された。

「美味しい！」

すっかり機嫌の直った大和を見て、狼と烏丸も安堵したように笑っていた。

5

翌日、狼の寝坊理由が大量に作られた肉じゃがのためだと大和が知ったのは、朝食バイキングならぬ、肉じゃがバイキングを目の当たりにしてからだった。

材料の皮剥きを終えたところで、大和は烏丸に勧められるまま母屋に移動し、お風呂を借りて就寝した。

寝室では未来と永、劫、狸里が先に寝ており、大和からすればもふもふ＆ベビーの可愛い天国だ。

そこへ連日の疲れもあり、横になるとすぐにぐっすり眠ってしまった。

先に目を覚ました未来に起こされたときには、目の前に鈍色《にびいろ》のオオカミが倒れており、「ひっ」と悲鳴が上がりかけたが、そこは未来や永と劫に「しー」と口を塞がれて、飲み込んだ。

すでに起床していた烏丸曰《いわ》く、自分は先に就寝したが、狼は何種類ものめんつゆで肉じゃがを作り続けているまま徹夜したようだ。

狼も、こんな形で手持ちのめんつゆの味比べをしたことがなかったので、途中から楽しくなってきたか、好奇心が止められなくなったかで。あれならどうだ、これならどうだと、店にある大鉢、大皿が満たされるまで、作り続けてしまったのではないか——とのことだった。

そのため、今朝は使用されためんつゆが違うだけの肉じゃががカウンターテーブルにずらりと並んでいる。

あとは土鍋ご飯に漬物、おばあちゃんからもらった昆布《こんぶ》と油揚げの煮しめと小アジの南蛮漬け。ワカメとネギの味噌汁が用意されているので、朝はこれにてご自由に——だ。

これはこれで民宿にでも来たような感覚になれて、大和は未来たちと一緒に朝食を楽しんだ。

今朝は狸里もいるので、それこそ昨夜の「おじいちゃんの味探し」の話をしつつ、大和のお願いも引き受けてもらった。

ここ半世紀、オレンジストアの棚には、どんな大手メーカーのめんつゆがメインで並んでいたかを、調べてもらうというものだ。

これに関しては、狼の「これだと思う」の裏づけ用だ。

「了解。それにしても、無謀な捜し物だね——と言いたいところだけど。いざこうして各社のめんつゆの肉じゃがが並ぶと、微妙な色や香りの違いまでわかるもんだね。俺も濃い薄い、甘い辛いくらいならわかるけど。そもそもレシピどおりにきっちりは作っていないから、正確な味はわかっていなかったんだなって、気がついた」

「本当ですね。同じ材料で作ってあるのに、こうして食べ比べてみると、各メーカーによって強調している味が違うのがわかる。同じ肉じゃがなのに、仕上がりがスッキリしていたり、ねっとりしていたり。改めて〝マイめんつゆ〟ができそうです。なんかこれ、売り場でもできたらおもしろそう」

しかも、いざ食べ比べてみると、めんつゆが違っただけで、意外と味も違うことがわかって新鮮《しんせん》だった。

（うん。これって買って使って食べるまでわからないのに、冒険できる量の小瓶売りが少ないんだよな。かといって、小瓶だと割高になるから手を出さないっていうお客様は、多いだろうし。新商品の試食コーナーはあっても、めんつゆの味比べはしたことがない。うちの棚にも、ご当地めんつゆがいくつもあるんだから、店長たちに提案してみよう）

大和でさえこうした発見と発想が出てくるのだら、昨夜の狼がさぞ張り切ったことは、容易に想像がついた。

しかも、こうした気づきは大人たちだけではない。

「――え？　永さんはN社のおじゃがが好きで、劫さんはK社のおじゃがが好きなんですか？」

起きたときには仔犬姿に戻っていた永と劫も、少量の肉じゃがをお湯で薄めて潰したものをもらうと、求めるお代わりが違って烏丸を驚かせたのだ。

「未来はいつものが一番好き〜。白いご飯がおいしい！」

また未来も、一口ずつ味見をしたあとで、マイめんつゆを見つけ出していた。

（あ……。兄弟どころか、双子でも好みが分かれるのか）

ただし、この事実はおじいちゃんの味探しが、いかに無理難題だったかという事実を、今一度大和に知らしめた。

未来もそうだが、生まれてからずっと同じ食事をしてきたはずの双子でも、こうして好みに違いが出るのだ。

おばあちゃんが作った肉じゃがを味見したからといって、そこから先の「甘み」や「旨味」の加減を、果たして赤の他人がどこまで寄せて再現できるのだろうか？

ましてや食べたこともないおじいちゃんの味だ。

（好み。好みか――）

それでも狼の頑張りを伝えたら、これだけでおばあちゃんは喜んでくれるだろうが――。

「あ」

大和が食事を終えて片づけていると、狸里のほうから振動音が響いた。

一瞬ビクリとした大和だったが、すぐにメールの着信だったとわかる。

「鼓からだ。昨夜の接待は早く終わったのに、そこから飲みに付き合わされて、俺も呼ばれてたみたい。鼓が気を利かせて、俺は親戚の家へ寄っているので無理ってことにしたので、出社したら口裏合わせてくださいね――だって。こりゃ、申し訳ないことしたな。あとで礼をしないと」

狸里が慌てて返信を打ち始めると、丁度双子のお代わりを作って戻ってきた烏丸が、他にも手提げ袋を持ってきた。

「狸里さん。これ、店主からのサービス弁当です。中身は昨夜からの食事と大差ないのですが、よかったら鼓さんの分もあるので、召し上がってください」

「わ！　助かります。ありがたくいただきます！　鼓にもメールしておこう。あ、そろそろ出勤時間か」

狸里の言動が、急に慌ただしいものになる。

彼らの勤め先であるオレンジストアの支店は新宿駅近くにあるが、ここから徒歩だと十五分以上はかかる。地下鉄を利用するにしても、大和のように旧・新宿門衛所を出て目の前とはいかない。

「なんか、泊まらせてもらった上に、すみません。今度、改めてお礼をさせてください」

「お気になさらずに。こちらこそ、昨夜は子守をしてもらったようなものですから」

「それを言うなら、俺が見てもらったんですけどね！　では、行ってきます」

「狸ちゃん、いってらっしゃーい」

「狸里さん。いってらっしゃい！」

「「あんあんーん」」

狸里は弁当二人前を手に、この場にいた全員から見送られて〝飯の友〟から出勤していった。

（やっぱりいいな、毛皮で化かす人間時の衣類。起きたらご本体姿で朝シャワーして乾かしたらオールリセット。これで変化したときには、スーツ一式まるっと洗って着替えたことになるって。狼さんたちには、そこ⁉　って突っ込まれそうだけど。僕からすると、羨ましい変化能力だ）

大和は手を振って見送りつつも、常にクリーニングしたてのような彼のスーツが羨ましくて、思わず「ふぅ」と溜息を漏らす。

「大ちゃん！　ご飯食べた？　未来、もう準備できてるよ！」

すると、未来が大和の手を取ってきた。

麦わら帽子を被り、水分補給の水筒を斜めがけした姿で、つぶらな瞳をクリクリさせて見上げてくる。

「あ、準備はもうできてるよ。と言っても、烏丸さんが用意してくれたんだけどね」

大和が、カウンター席に置かれていた背負い籠に手を伸ばすと、中には軍手とアイシングバッグのような形の大きな水袋が入っていた。

これは先日、未来と約束をしていた大冒険用。いつもより少し遠くの森へ行って、何か自生のキノコや果物を狩ってくるためのものだ。

ただ、昨日大和がモーモーパンケーキミックスを大量に持ち込んだことで、狩りの目的が明確になった。

「なら、行こう！　モーじいちゃんのところへ！」

狼に焼いてもらったシンプルなパンケーキを、卵や牛乳でグレードアップしよう。

近くの乳牛の集い場？　牧場らしきところへ、まずは搾りたての牛乳をもらいに。

そして、なんなら、トッピングも増やそうということで、その帰りがけには、森にてジャム用の果物やメープルシロップ、蜂蜜《はちみつ》を採ってこようと決まった。

また、昨日で手作りのバターも切らしているので、それも手作りしよう！　と、本日の二人は大忙しだ。

特に夕方から出勤という大和の予定を考えると、こうして朝から行動しなければ、グレードアップパンケーキまで辿り着けない。

「あ、大和さん。少し重たいですが、籠の中にこちらの肉じゃがを入れていってくださいますか？　牛乳との交換用なんですが、偶然にもモーモーさん一家の大好物なので、多めに包ませてもらいました」

大和が籠を背負うと、烏丸が肉じゃが入りの大袋を向けてきた。

少し屈《かが》んで、中へ入れてもらう。

ずしっとまでは感じないが、それでも小型寸胴鍋で一つ分くらいはありそうだ。

「それは、どちらにとってもＷｉｎ－Ｗｉｎですね」

「ですよね。必ずしもお客さんにすべてお出しできるとは限らないですし。まさか連日肉じゃが定食というわけにもいかないので」

大和と烏丸は顔を見合わせると、どちらからともなくニヤリと笑う。

これぞ大人の事情だ。

途中から、消費することまで考えずにノリノリで作ってしまったのだろう狼には申し訳ないが、このあたりは烏丸の冷静さが光る。

「あんあんっ！」

「きゅぉ～ん！」

だが、ここで食事を終えた永と劫が座敷で吠え始めた。

状況から自分たちが留守番なのを察知し、「私も行く」「連れていってよぉ」と主張し始めたのだ。

とはいえ、今日は川より遠出な上に、のんびりはしていられない。

たとえ自力で歩ける姿であっても、ヨチヨチぽてぽて歩行では時間がかかるし、大和たちもそこに合わせてあげられない。

一瞬大和も、

（ペットカートに乗せていく？）

とも考えたが、森の中の獣道を往復するコースらしいので、これはこれで難しい。

大和と未来は顔を見合わせるも、

「どうしよう」

「気持ちはわかるんだけどね」

困ったな——状態だ。

「永さん、劫さん。体力はたくさん貯めておかないと、いざってときに、すぐに変化ができませんよ。また行きたいんでしょう？　人間界へ。大和さんや、そのお隣のおばあちゃんのお部屋へ。そうしたら、ここはお留守番しておかないと」

すると、ここでも烏丸が機転を利かせてきた。

「「‼」」

烏丸に言われると、今の言葉をどう受け取ったのか、永と劫が顔を見合わせて頷き合う。

そして、「せーの」で変化した。

ならば、留守中に人間変化の練習をしておかねば！　とでも思ってしまったのだろうか？

「「!?」」

しかし、昨日の今日で妖力が回復し切れていないのか、ケモ耳ベビーにポン！　ポン‼　だ。

その瞬間から、ハイハイもままならない状態で、座敷にうつぶせ寝することになる。

が、こうなると思うように動けないだけでなく、いきなり大和が「人間界へ行くよ〜」となっても、狭間世界から出してもらえない。

二人にとっては一番不都合な事態に陥《おちい》ったことに気づくと、「しまった！」「大失敗だ‼」とばかりに、手足をバタバタし始めた。

狼が起きてくるまで一人で子守と開店準備に当たる烏丸としてはありがたい状態だが、それでも座敷のサークル内に寝かすと、

「はぅはぅっ。はぶぅ〜っ」

「あ〜んっ。ばぶ〜んっ」

「あぁぁっ。どうしよう」

悔し泣きし始める。

初めて見る永と劫の姿に、大和はオロオロし始める。

考えてみると、永と劫は普段からニコニコで泣き顔を見たことがない赤ん坊だった。

「大丈夫ですから、お出かけになってください。さ、未来さん。大和さんと気をつけて

いってらっしゃい」

双子が泣いても動揺しないどころか笑顔さえ見せる烏丸に、大和は年季の入ったベビシッターさながらの強さを感じる。

徐々にではあるが、普段静かで大人しい烏丸が、ここでは一番肝の据わった男なのではないかと思えるようになってきた。

「えっちゃん、ごうちゃん。お土産においしい牛乳をもらってくるからね！」

「すぐに帰ってくるから、待っててね」

それでも時間は有限だ。

大和と未来は、朝陽が燦々《さんさん》と降り注ぐ中、〝飯の友〟を飛び出していった。

＊　＊　＊

ランチ前には帰る予定で、大和は未来に案内されるまま、乳牛たちの集い場へ向かった。

（果たしてここは人間界で言うところの、どの辺なんだろう？　方向的には、この前行った運動会会場が代々木公園方面ってことは、明治公園《めいじこうえん》のほうかな？　出入り口は森林があるような場所、公園などに設置されていることが多いって聞いたし。明治公園あたりまで行ったら、人間界に通じる門があったり、狼さんやドン・ノラさんみたいな門の管理人がいたりするのかな？　それはそれで楽しみだ。和食処にイタリアンってきたら、そこは青《あお》山《やま》のフレンチみたいな感じ？）

森の中の獣道を淡々《たんたん》と歩くも、大和は〝飯の友〟の玄関を基準に、進んできた方角を脳内で地図化していた。

それを人間界の地図と重ね合わせて、大ざっぱだが新宿区から渋谷区へ世界を広げていく。

しかし――。

「も〜っ」

何事もなく、かといって〝飯の友〟のような店もなく、大和はするっと森を抜けると、広々とした牧草地に出た。

移動中も、微かに牛の鳴き声が――などとは思っていたが、目の前にはざっと見ても百頭近い乳牛たちが、草をモリモリ食べながら、のほほんとしている。

大和は一瞬、実家近くへ瞬間移動でもしたのかと思う。

「え、牛っ⁉　ここが乳牛たちの集い場？　まさか青山方面へ来て牧場⁉　そりゃ、こっちの世界の話だから、青山も赤坂《あかさか》も関係ないだろうけど。え〜っ――ってことは、明治牛乳？　いや、違う‼　そういう意味じゃないはずだ」

「大ちゃん、ここだよ。モーじいちゃんは、牛乳屋さんなんだよ〜。それでモーおじちゃんは温泉屋さんでこのあたりの門の管理人さんなの〜っ。今度みんなで入りに来よう。でもって、お風呂上がりにコーヒー牛乳で〝ぷはー〟ってするの、おいしいよ〜」

驚く大和に、未来が一生懸命説明してくれる。

（そうか――。ということは、ここの門では温泉で人間界で働く狸さんや狐さんたちを癒してるってことなのかな？　でも、牧場と温泉って……、あ！　そういう観光地もあるにはあるから、不思議はないのか。そもそも火山国の日本は、都心でも温泉が出るくらいだしな。というか、この場合狭間世界がどういう地質になるのかは、まったく想像がつかないけど）

知れば知るほど謎が深まる狭間世界だが、ここは考えたところで、大和では答えが出せない。

かといって、狼たちに事細かく聞くのも何か躊躇《ためら》われる。

ここへ来始めてから、大和が気になったことが自然とわかることがあれば、そうでないこともある。

逆に気にしたこともなかったことが、こうして次々とわかっていくのだから、ここは自然の流れに任せておくほうがよい気がしたのだ。

「モーじいちゃん！　おはよーっ」

未来が牧草地に建つ牛舎と続く小屋へ駆け寄る。

するとそこで何やら作業していた牛の角と耳、尻尾を生やした獣老人がいた。

丸眼鏡に白い髭を生やした通称・モーじいさんは、未来の背後に立つ大和が軽く会釈をすると、ニッコリ笑って同様に返してくれた。

「おやおや。今日はイケメン店主や鴉の御仁ではなく、ちびっ子王子がお使いか？　しかも一緒にいるのは――、人間さんだね」

「未来のお友達の大ちゃんだよ！」

「おお～。そうかそうか。よほど鍵が合ったのじゃな」

「うん！」

ここでも耳にすることになった「鍵が合う」という言葉。

狭間世界と人間界を行き来できる人間は、門の管理人たちや狭間世界そのものと「これ」が合うとされて、初めて一人でも自由に出入りができる。

大和が思うに、気が合う、価値観が合う、お互いを受け入れられる精神性があるという、目には見えない友情のようなものが生じるか否かを総じて判断したものが、鍵穴と鍵にたとえられているのだろう。

ただ、もしもこれが狭間世界そのものから「こいつは鍵を持っていない」もしくは「鍵は持っているが使えない」と判断をされていたら、大和は店に買い物に来たことがきっかけで知り合った未来のことも、また、そこで貸した五円玉がきっかけで狼に招待された

"飯の友"のことも、何もかもを忘れて、なかったことにされていた。

　その審判を下すのが狭間世界なのか、実は他の何かなのかはわからないが、とにかくそういったふるいに、一度はかけられるのだ。

それだけに、大和は「鍵」というワードを耳にすると、思い出したように背筋が正される。未来たちや〝飯の友〟で出会った者たちとの交流が深まれば深まるほど、この関係をなくしたくないという気持ちが強くなってくるからだ。

それこそ自宅で考えようものなら、未来が赤いリボンを結んで返してくれた五円玉を、きつく握りしめてしまう。

いつまでもこのご縁が続きますように――と、祈りながら。

「でね、モーじいちゃん。今日は狼ちゃんのご飯と牛乳を交換してもらいにきたんだ～。大ちゃん！」

「あ、はい」

未来から急かされると、大和は背負い籠を下ろして、烏丸が入れてくれた肉じゃがの大袋を見せた。

二重にされた厚手の透明保存袋には、程よく汁気が染みたジャガイモなどが、たっぷり入っている。

（業務用感がすごいな）

大和は思わず笑ってしまいそうになったが、モーじーさんの耳もピクピク、尻尾も左右等にブンブン触れて嬉しそうだ。

やはり、狭間世界は感情豊かな者たちでいっぱいだ。

ここにも狼の作る食事の愛好者がいるのだと知ると、大和は自分のことのように嬉しくなってくる。

「おお〜、これは店主の肉じゃが！　わしも息子家族も大好きじゃ！　それも、こんなにたくさんとは！　牛乳はたっぷり持っていけ！」

「よかった！」

「――は！　しかし、困った。今は先約分を準備しているところで、搾った牛乳に余分がない。お主《ぬし》ら、自分たちで搾れるか？」

だが、交渉が成立したところで、突然未来が大和の手を掴んできた。

「ええ〜っ！　未来、したことないよ。大ちゃん、牛さんのお乳って搾れる？」

「――え？　うん。搾れるよ。ここ何年かやってないから、久しぶりだけど」

何事かと思うも、大したことでなくて、ホッとする。

しかし、これはたまたま大和が北海道の農家生まれで、隣近所に牧場があるような土地で生まれ育ったから言えることだ。

親の職種や生まれ育った環境が違っていたならば、あったとしても体験学習の経験くらいだろう。

「え⁉　搾れるの⁉　すごい！　大ちゃん、やった！」

「ほうほう。ならば、こちらへ」

未来は単純に驚いていたが、モーじいさんは、ちょっと半信半疑だ。

注ぎ口のついたバケツと椅子を手に、大和たちを案内するも、「見た目ほど簡単ではないぞ〜」と言って、大和をからかってきた。

「――さ、いくらでも搾ってくれ」

そうして大和は、一頭の雌牛の前に立つことに。

「はい。ありがとうございます。では、五リットル入りの袋を持ってきたので、遠慮なくいただきますね」

そこにいたのは、実家のほうでもよく見るごく普通の乳牛だった。

どうやら妖力を持たないか、極度に低くてたまにしか変化ができない牛たちもいるようで。このあたりは、先日の話――姿はそのままだった熊にも通じるものがあるのかもしれない。

ようは、同種族の中でも妖力の高いものが、こうして多種族との交流や交渉を買って出ているのだろう。

とはいえ、普通の雌牛であっても、話は通じていそうだ。

大和を見ると、「どうぞ～」とばかりに、お乳をぷるんっと振ってきた。

(どうしてだろうか？　近所の牧場でやらせてもらったときには、恥ずかしいとは思わなかったのにな……)

考えすぎだが、ちょっと照れた。自然と頬が紅潮する。

それでも大和は、「失礼します」と言ってその場にしゃがむと、用意してもらった椅子に座って、バケツに乳を搾り始める。

(本当、久しぶりだな――。懐かしいや)

近年の牧場では、年々最新機器が導入されていくので、大和の地元でも、もはや直接の乳搾りは地元イベントでもなければ行わない。

大和もおそらくは、十年ぶりぐらいだった。

しかし、これも昔取った杵柄《きねづか》で、大和はすぐに慣れた手つきで搾り出した。

「すごい！　大ちゃん、狼ちゃんやからちゃんより上手‼　ジャージャー出てきていて、バケツに溜まってく！」

(――ってことは、狼さんや烏丸さんも乳搾りをするってこと⁉)

見ていた未来は歓喜するが、大和自身は想像すると、メルヘンなのかシュールなのかわからなくなってくる。

「もぉぉぉぉ～ん」

そこへ牛が、いきなり声を上げた。

「え⁉　ごめんなさい。痛くしましたか？」

驚いて手を放したが、牛は首を振った。

「いやいや。思ったよりうまく搾ってもらって感激したようじゃ。お主、なかなかやるのお～っ」

モーじいさんが通訳をしてくれた。

「大ちゃん。上手！　すごい‼」

「そ、そうだったのか。なら、よかった」

こうなると動物たちの感情表現が豊かなのも考えものだ。

「もぉん」

大和は雌牛に気に入られてしまったようで、もっと搾っていいわよ～と言わんばかりに、またお乳をぷるんとされてしまった。

（あははっ。まいった）

こうなると、照れる自分もどうかしている気がしてならない。

（いや！　早く搾って、蜜も採りに行かなきゃ！）

それでも大和は、ご機嫌で乳を出してくれた雌牛から、持参した水袋いっぱいの牛乳をもらった。

「あ、そうじゃ。せっかくだから、わしが作ったチーズと生クリームも持っていってくれ。あと、これは先日採ってきたメープルシロップも少しだが。今日は自分で搾ってもらったし、肉じゃがもたくさんもらった。店主に渡して、なんかまた美味しい料理にしてもらうといい」

その上、掌サイズのチーズの塊《かたまり》と、牛乳瓶ほどの容器に入った生クリームとメープルシロップまで、背負い籠の中に入れてもらう。

これには大和も「照れた甲斐があったかも！」と、未来と一緒になって大喜びだ。

実際、永と劫に蜂蜜はどうなんだろう？　とも考えていたので、ここでメープルシロップをもらえたのはそうとうラッキーだ。

「わ！　すごい。嬉しい！　やった！」

「ありがとうございます！　丁度バターも作ろうかって言っていたので、これならすぐに作れます。本当にご馳走様でした」

「も〜っ」

ただ、「さあ、次へ行こう」としたときに、名残惜《なごりお》しげに鳴かれてしまった。

「ご、ごめんね。また来るから」

「次は狼ちゃんたちも連れてくるからね。牛さん、バイバ〜イ」

ここはどうにか躱《かわ》して、大地と未来は帰宅がてら、果物や蜜を採りに行った。

大和と未来は来た道を戻りながら、周囲を見渡して歩いた。

行きも注意はしていたが、目につくのはキノコ類ばかりだった。

ジャムになるような果物がない。

森は森でもこのあたりは、自生する植物が違うのだろう。

未来の友達なのか、頭上では何羽かの小鳥が飛び交い、一緒に探してくれているように
も見える。

「——あ。そうだ大ちゃん。少しだけ遠回りになるけど、あっちの森を回って帰ろう！

前に、イチゴとスモモが採れたから、きっとあるよ！」

すると、未来が思い出したように右のほうを指差した。

（牛舎が明治公園あたりだったとして、帰り道で右へ逸れるってことは、外苑や信濃町《しなのまち》方
面を回って〝飯の友〟へ戻ることになるのかな？　さすがに赤坂御所《ごしょ》方面までは行かない
よな？）

これればかりは人間界の地図でしか思い当たらないが、それでもなんの見当もつかないよ
りはいいだろう。

大和は地図を思い浮かべながら、未来が指したほうへ歩いていった。

獣道から外れる不安はなきにしもあらずだったが、小鳥たちも一緒についてきた。まるで道案内でもしてくれているかのようで、大和は（これなら迷うことはないか）と、未来のあとをついて歩く。

未来はよほど機嫌がいいのか、大好きなアニメ〝ドラコンソード〟の歌を歌っている。

「――あった！　あったよ、大ちゃん」

すると、視界に入る植物が徐々に変わってきたなと思ったところで、未来の言うイチゴやスモモが実る森へ入った。

冬が旬の野生の冬苺と、夏が旬のスモモが同時に実をつけている。

ここの自生植物は気紛れで、人間界で言うところの季節感がないことはすでに知っているが、大和は（これもまたすごいな）と感動を覚えた。

木漏れ日を受けて光る冬苺はラズベリーよりも赤く、まるで小粒の宝石を集めたように輝いている。

「わ！　たくさんあるね。これならたっぷりジャムが作れる」

「うん！　そうしたら、大ちゃんは手が届くところのスモモを採って。未来はイチゴを採るから」

「はーい」

頭上で小鳥たちがさえずる中、大和と未来はしばらく夢中になって、スモモと冬苺を採り続けた。

採っている途中で冬苺を潰したのか、未来の右手の平が赤くなっている。

それがまた愛らしい。

(そろそろいいかな)

未来が籠代わりに使っていた麦わら帽子に冬苺がいっぱいになったところで、大和が声をかけた。

「未来くん！　これだけあれば充分じゃない？　帰ろう」

「うん！　でも喉渇いたから、一緒に未来の麦茶飲もう！」

「そうだね。ちゃんと水分はとったほうがいいからね」

未来が肩から斜めがけしてきた水筒の麦茶を一緒に飲んで、あとは〝飯の友〟へ帰るだけだ。

大和の背負い籠の中は、水袋に入った五リットル近くの牛乳に、二百ミリリットル程度の生クリームとメープルシロップ。掌サイズの塊チーズと、あとはスモモにたっぷりの冬苺で満たされる。

手と手を繋いで帰る道すがら、未来は再び上機嫌で大好きなアニメソングを歌い始めたほどだ。

しかし、どうも何かがおかしい。

（あれ？　キノコの森に戻らない？　さっきは丁度オープニングの一番で自生植物が切り替わった気がするんだけど、もう二番が終わるのに？）

多少のずれはあっても、帰る方向が合ってさえいれば、大和は〝飯の友〟から出て通ってきたキノコばかりの森に戻ると思っていた。

だが今、大和たちを囲んでいるのは、リンゴの木だ。

それも赤々とした実をつけており、キノコはどこにも見当たらない。

しかも、こんなときに限って、どこからともなく遠吠えが聞こえた。

「……あれ？　未来、道間違え——ひっ⁉」

「オオーン！　オンオンオオーン！」

いつの間にか周囲を獣に囲まれている？

それも十頭、いや二十頭はいそうな群《む》れなす獣の気配だ。

「え⁉　犬？」

「違う！　意地悪コヨーテだ！」

そう言うと未来は、瞬時に変化を解いた。

小さいながらも四本の脚をしっかり地面につけて、徐々に近づくことで姿を現し始めたコヨーテたちを相手に警戒態勢を取る。

「意地悪コヨーテ⁉」

ただのコヨーテでも驚くだろうに、頭に「意地悪」とつくのは何事か⁉

それも、熊が現れたときでさえ未来は好意的に、「熊さん」と呼んでいた。

決してこんなふうに、警戒心を剥き出しにはしなかった。

「ごめん、大ちゃん。未来、コヨーテの縄張りに入っちゃった」

だが、それもそのはずだった。

未来は気づかないうちに、大和から見ても仲の悪そうな相手の領土侵犯《りょうどしんぱん》をしていたのだ。

「縄張り⁉」

これを聞いた大和は、先日の代々木公園チームと新宿御苑チームの運動会が、なぜ行われたのかを思い出した。

事の発端は代々木と新宿の鳩たちが縄張りを拡張しようと、双方で相手の領空侵犯《りょうくう》をしたことから、争いを起こした。

それが激化し、いつしか鴉や他の野鳥たちまで参戦。

そのとき仲裁に入ったのが鳩会長と烏丸で、その後はどうにか話し合いで折り合いがつき「仲直り親睦会《しんぼくかい》をしよう」となって、運動会及び大宴会が行われた。

これがつい数日前の土曜日であり、大和の三連休の初日のことだ。

結果オーライではあったが、野生に生きる獣たちにとって、それだけ縄張りは重要だということだ。

（でも、そうしたら悪いのは僕らなんだから、謝って、この場を去らないと！）

大和はすぐにでも、未来と一緒にコヨーテたちに謝罪しなければと思った。

「おい！　お前ら。何やら美味そうなものを持っているようだが、ここから無事に家へ帰りたければ、全部置いていけ！」

すると、群れのリーダー格の男だろうか？

一際身体の大きいコヨーテが、未来や大和に向かって、背負い籠の中身を要求してきた。

未来がスッと大和の前に立ちはだかって、「駄目！」と叫ぶ。

「これは大ちゃんと未来たちの！　間違って縄張りに入っちゃったのは謝るから、意地悪しないで帰してよ！」

「意地悪だ？　あん？　よく見たらお前、狼んところの王子じゃねぇか。何、人間なんかとイチャイチャしてるんだよ。この、人間の犬め！」

ムキになって仔犬がキャンキャン吠えているようにしか見えない未来だが、それでも大和と荷物を守ろうと必死だ。

すると、リーダー格のコヨーテが、うっとうしそうに前足で未来を払った。

「キャン！」

すると、今度は若いコヨーテが、払われて転がった未来の首根っこを咥えて、そのまま振り回し始める。

「うわわわわっ」

「未来くん！　やめろ‼」

軽々と回され始めた未来を助けようと、大和が手を伸ばすが、それは間に入ったコヨーテたちに弾かれる。

「ほらほら。お前も痛い目に遭いたくなければ、とっとと籠の中のものを置いて逃げ帰れ！」

「人間はペットを置き去りにしても、自分が助かればいいって生き物だろう」

「そうだそうだ！」

しかし、ここで大和の中で、何かがキレた。

「未来くんはペットなんかじゃない！　僕の大事な友達だ！　置き去りになんかするもんか‼」

思わず叫ぶと、大和は両手で背負い籠の肩紐を握りしめる。

怒りとも哀しみともわからない感情が大和を支配していた。

「大ちゃん！」

振り回されて、四肢をパタパタさせる未来の声が聞こえる。

「何だと⁉」

「荷物は全部あげるから！　縄張りに入ってしまったことは、僕も謝るから！　いい大人が子供相手に乱暴するなっ！　みっともないと思わないのか！　それともコヨーテは弱い者虐《いじ》めしかしない種族だったのか!!」

大和はコヨーテたちに向かって叫び続けた。

周囲がいっそうざわつき、

「テメェ、人間ごときが俺たちを侮辱するのか！」

激怒したリーダー格のコヨーテが、叫ぶと同時に大和に向かって飛びかかってきた。

「うわっ！」

――やられる!!

脳裏にその言葉だけがよぎった瞬間、どこからかオオカミの遠吠えが聞こえた。

大和が体勢を崩して横転すると、頭上の木々がざわめき、鴉の羽音や鳴き声が響いてくる。

また、飛びかかってきたコヨーテは、猛スピードで駆けてきた、鈍色の塊にドン！　と弾かれて転がされた。

(狼さん！　え!?)

「リーダー!!」

すぐにコヨーテが身を起こすも、そのときには彼の前に雄々しいまでの狼が立ち、利き前足でバン！　と相手の額を押さえて、地面に押しつけた。

「俺の身内に何してくれる」

「うっ……っ」

コヨーテがうめき声を上げると、

「鈍色のオオカミ！」

「ヤバい！　最強戦士の狼だ！」

「マックスデカくなってる！」

周囲からは次々と形勢が逆転してしまったことを悟る声が上がった。

（……狼さん。いつもの倍以上ある⁉）

大和はどうにか横転した身を起こすも、うまく立つことができず、その場にへたるように腰を落としてしまった。

しかし、こうなると何にビビり、動揺しているのか、自分でもわからなくなってきた。

「怯むな！　奴の荷物だ！　荷物を奪え‼」

しかし、狼に踏まれながらもリーダーが叫ぶと、コヨーテたちが口々に「そうだ！」「荷物だ‼」と叫んで、いきなり大和を標的にし、飛びかかってきた。

（ひっ！）

そもそもの目当てが食料だったのかと気づいたときには、もう遅い。

大和は今更背負い籠を下ろすに下ろせないほど焦ってしまい、かといって立ち上がろうにも、それさえできないまま声を上げることしかできない。

「ひぃぃぃっ！」

「誰がさせるか！　身の程を知れ‼」

すると、再び狼が吠え、大和に飛びかかるコヨーテたちを蹴散《けち》らしていった。

「きゃんっ」

「うわっ」

二十頭はいそうなコヨーテの群れが次々と襲いかかるも、弾き飛ばされていく。

「このっ！　馬鹿デカ狼が！」

リーダーが再び飛びかかるも、

「馬鹿だけ余計だ！」

今度は右前足のフルスイングを食らって転がされる。

「リーダー‼」

すると、それを見た若いコヨーテが、未来を放り出して、自ら狼に飛びかかる。

「未来くん！」

「未来！」

大和が叫び、狼が飛びかかってきた若いコヨーテを足の甲《こう》で払った頃には、

「きゃ――っ」

未来の身体が、か細い悲鳴と共に宙を舞う。

「頼む、お前たちっ‼」

狼が叫び、いくつもの黒い翼が未来へ向かうが、コヨーテのリーダーも身を起こして未来のほうへ走る。

「ひぃぃぃっ」

すると、舞い上がりきったところから落下する未来の身体を、限界まで広げられた黒い翼が受け取める。が、一羽では足りない。

「カァ！」

鴉たちは互いの翼と翼を重ねるようにし、未来の身体を持ち支えて下りてきた。

しかし、地面の側まで来ると、未来は翼と翼の隙間から抜けてしまい、それを待ち構えていたようなリーダーの背中にドン！　と落ちる。

「ひゃん！」

コヨーテの背をクッションに転がり、ぺたんとお尻がついた衝撃で声を上げるも、未来はすぐに立ち上がった。

「未来くん！」

這いずるようにして大和が未来の元へ行く中、リーダーが「退け！　退け‼」と叫ぶ。

「覚えてろよ、この犬どもめ‼」

いっせいに撤退していくコヨーテのうちの誰かが吠えた。

「いや、お前らだって立派なイヌ科だろう！」

呆れたように狼が叫び返すも、これには大和も突っ込みどころが満載だ。

何より、今目の前で起こったことがすべて事実なら、あれだけ絡んで攻撃してきたコヨーテのリーダーが、最後は自ら未来を受け止めて、助けてくれたことになる。

(彼らがテリトリーに入ることを許さなかったのは、もしかして僕だけ？)

大和は、ふっとそんな思いに駆られた。

「まったく、あいつらは。なんなんだ」

ただ、こうなると二人のピンチにすっ飛んできた狼も首を傾げ、次第に身体も普段どおりのサイズになり、見慣れた獣人姿まで変化する。

「狼ちゃん、来てくれたんだ！」

「ああ。無事でよかった。劫が気づいて、それで烏丸が応援を飛ばしてくれたんだ」

「カー」

「そうだったんだ！　ありがとう‼　よかったね、大ちゃん」

「う、うん……」

どうやら未来と大和の危機を察知し、狼たちをここへ向かわせてくれたのは劫だったようだ。

彼には、こうした特別な妖力が、生まれながらに備わっている。

一言で「妖力」と言っても、千差万別らしい。

「それより、大丈夫か？　大和」

狼に差し伸ばされた手を借りて、大和はゆっくりと起き上がった。

「はい。僕は平気なので、未来くんの首のところを見てあげてください。噛まれて持ち上げられて、ブンブンされたので」

「そこは大丈夫！　未来たち、生まれたときから、ここを咥えられて運ばれるから」

未来もそう言って仔犬の姿から獣人姿に「えいっ」と変化する。

狼がそれでも一応、未来の首のあたりを確認していた。

「――まあ。さすがに奴らも怪我《けが》をさせるつもりでは、やってなかったみたいだな。こう言ったらあれだが、首も甘噛み程度のようだ。派手に振り回されたみたいだが、子守の延長みたいなものだろう」

怪我がないのは何よりだが、こうなるとコヨーテたちは何がしたかったんだ!?　という話になる。

「なんだよ、そしたらビックリさせただけ？　おやつを分けてほしいなら、ちゃんとそう言えばいいのに！」

「そもそもは、奴らの縄張りに入り込んだから、こうなったんだろう」

「あ！　そうだった」

結局のところ、縄張りに入ってきた奴らがいたから威嚇しようとしたら、食料を持っていた。

それなら通行料代わりに置いていけ。

置いていかないなら、ちょっと脅すぞ――くらいの感覚で。

狼が言うように、本気で未来や大和をどうにかしようとしていたわけではなさそうだ。

（あ――。だから呼び名が〝意地悪コヨーテ〟のレベルだったのかな？）

思い返せば、最初に放った未来の一言にも表れていた。

熊への態度と比較したから、よほど警戒がいる相手なのだと思い込んでしまったが、敵愾心を持つほどの相手ではなかったのだろう。

お互いに生きるテリトリーを脅《おびや》かしさえしなければ、近い森に住んでいる同士。

普段から行き来をするほどの仲とは言えなくとも、これはこれで共存なのかもしれない。

オオカミとコヨーテ。

同じイヌ科だとしても、相まみえない種族がいても不思議はない。

しいて言うなら、コヨーテは日本国内にはいない上に、動物園での飼育もない。

こうしたところは、地上とリンクしていない、狭間世界特有の繋がりがあるのかもしれない。

大和はまた一つこの世界のことを知った。

しかし、思い耽《ふけ》ってもいられない。

「まあ、次はないと思って、気をつけるんだぞ。行こう」

「待って狼ちゃん！　未来の帽子と水筒がない!!　あと、スモモが転がってるよ、大ちゃん！」

急に慌てだした未来によって、大和はあたりに転がるスモモに目がいった。

「え!?　本当だ。未来くんは変化を解いたり、僕は転がったりしたから、それでかも」

「大変！　探そう。拾おう。狼ちゃんも手伝って！　未来の帽子と水筒、前に狸ちゃんたちが買ってくれたやつなの！　見つけて!!」

「あ――、あれか。わかった！　悪いが、お前たちも協力してくれ！　麦わら帽子と水色の水筒だ」

「カア！」

なくしものが狸たちからのプレゼントだとわかり、大和も余計に慌てて探し始める。

（あれって狸里さんと鼓さんがくれたものだったのか。さっき、未来くんが変化を解いたのが、あのあたりだから――）

大和もいったん背負い籠を足元に下ろして、その場でしゃがみ込む。

木の根や草むらに隠れていないか、両手両膝をついた姿勢で、目をこらしていく。

「あ」

すると、転がるスモモが目につき、手を伸ばす。

〝人間はペットを置き去りにしても、自分が助かりたい生き物だろう〟

先ほど言われたことが、ふっと大和の脳裏に甦る。

――自分は違う、そんなことはない！

そうした怒りから叫び返してしまったが、一部の人間がペットに対して、無責任かつ残酷な行いをしていることは、大和自身も知っている。

同じ人間から見たって嫌悪感を抱く者たちがいるのに、それを多種属の彼らが一緒くたにして決めつけてきたところで、なんの文句が言えるだろう？

怒りと同時に哀しみが起こったのは、大和自身がそれを理解していたからだ。

（性格のよし悪しと種族は関係ない――か）

ここでも居酒屋で会ったときの鼓の言葉が、救いになる。

しかし、それに甘えて、安堵しても何も改善されない。

これでいいとも思えない。

（だからって、僕に何ができるだろう？）

大和は手にしたスモモを籠へ戻して、再びその場に両手をついた。

気を取り直してあたりを見回していると、草むらの中から水色の物体が姿を現した。

「⁉」

なぜか勝手に転がってきて、大和は今にも悲鳴を上げそうになる。

だが、未来の水筒が大和の手元まで来たときだった。

（コヨーテ！）

草むらの隙間から、幼いコヨーテ二匹の姿が、チラリと見えた。

未来より少し大きいくらいだろうか？

しかも、不思議に思い目をこらすと、もう一匹更に小さな子が側にいる？

永や劫とさほど変わらない赤ちゃんコヨーテが、じっとこちらを見てくる。

しかも、視線の先も、どうやら大和ではなく、籠の中身だ。

彼らが食料目当てなのは感じていたが、もしや、まさかと思い、大和は籠の中から水袋を取り出した。

少しだけ蓋を緩めて、水筒の脇へ置く。

そして、代わりに未来の水筒を掴むと、籠の肩紐を握りしめて、その場で立ち上がる。

大和が背を向けたと同時に、二匹のコヨーテがさっと出てきて、水袋を赤ちゃんコヨーテのところまで、「よいしょ」「うんしょ」と引っぱっていく。

さすがに五リットル近いのでどうかとは思ったが、二匹が水袋を草むらの中に引き込み終えると、赤ちゃんコヨーテが尻尾を振って、嬉しそうに水袋に抱きついていた。

（やっぱりそうだったのか。でも、そうしたら、あの子たちの母親は？　どう見ても、今の二匹も、絡んできたリーダーたちも、オスばっかりだった気がする。お母さんコヨーテは、はぐれた？　それとも――）

そこまで考えて、大和は大きく首を振った。

（やめたやめた！）

「未来くん！　あったよ。水筒！」

大和は利き手に握りしめた水筒を頭上に掲げ、草むらを覗き込むように探していた未来に向けて声を発した。

「わ！　あった！　大ちゃんありがとう‼」

「未来！　こっちもあったぞ。麦わら帽子」

別の場所から、今度は狼が帽子を手に立ち上がる。

「やった！　狼ちゃんもありがとう‼」

安心したのか、地面を歩いていた鴉たちが、いっせいに空へ舞い上がる。

「今度こそ帰ろう！」

「大和、荷物を」

水筒を肩からかけ直し、張り切る未来の頭に帽子を乗せると、狼が大和の背負い籠に手を向ける。

　大和は自然な彼のスマートさに感心しつつも、

「大丈夫です。そこまで重くないので。それにしても、狼さん。すごくカッコよかったですね。しかも、あんなに大きくなれたんですね！　ビックリしました」

　大分軽くなってしまった籠を、素知らぬ顔で自ら背負う。

「ああ、あれ——は。寝起きから、そのまま飛び出したから、変な形で妖力が解放されてというか、なんというか。普段はそんなこともないいんだが」

「——そうだったんですね」

　そして、話題を狼自身に向けつつ、今度こそキノコの森に移動し、行きに歩いた獣道まで辿り着く。

　ここまで来たら、あとは〝飯の友〟までまっすぐだ。

「大ちゃんだって、カッコよかったよ！　未来のこと友達だって言ってくれたの、置いてかないって言ったの、すっごく嬉しかった！　すごいでしょう、狼ちゃん！」

「そうか。よかったな」

「うん！」

　たった数時間のうちに、想定外のことばかりが起こった。

　思いがけない言葉に、心も乱れた。

（未来くん。狼さん）

しかし大和は、必要以上に気に病《や》むことはやめにした。

今は目の前の友情を育み、大事にし、互いの信頼を守り抜くことで、せっかくの鍵——ご縁——を壊さないことだけを、第一とした。

6

大和たちが〝飯の友〟へ戻ったところで、時刻はランチタイムに突入していた。

キッチンからはカレーの匂いがする。

「お帰りなさい、未来さん。大和さん。店主もお疲れ様でした」

「あーっ！」

「ばぶっ〜」

店では烏丸が永と劫を抱えて、「無事でよかった」と言って、出迎えてくれた。

先に戻った鴉たちから報告を受けていたので落ち着いているが、狼や鴉たちを見送った直後は、気が気でなかったですよ――と、笑いながら話す。

特に身動きが取れない永と劫がサークル内で暴れて、これを宥めるのに一番苦労したようだ。

そんな話を聞いただけで、大和の中で彼らへの愛おしさが増す。

しかし、安堵した余韻もないまま、すぐに新たな問題が発覚してしまう。

「ええええっ！　牛乳の袋、ないの？　落としてきちゃったの？」

「「あぶぶっ〜っ」」

驚く未来を真似《まね》してか、永と劫まで一緒に声を上げてくる。

それが妙に可愛くて、大和は内心合掌で謝罪しまくりだ。

「ごめん、未来くん。永ちゃん、劫くん。どうりで軽いと思ったよ。僕もけっこう転がってたから、よくわかんなくなってたのかも——」

「えーっ！　そしたら、大ちゃん怪我は？　お尻とか痛くない？」

「それは大丈夫」

「よかった〜っ！」

ましてや、こんなときに相手を責めることなく、怪我の心配をしてくれるだなんて！

なんて優しいんだろう‼

そう思えば思うほど、大和の胸はチクチクした。

（ごめんね！　未来くん‼）

——こんなことなら、本当のことを言えばよかったのかもしれない。

ただ、大和は狼たちとコヨーテたちの関係を、正しく理解しているわけではないので、

自分の判断で子どもたちにあげてしまったことは、あえて言わなかった。

相手の子たちも、好意のない人間から「もらった」とは思いたくないかもしれないし。

実際は、水筒で大和の気を引いて、自分たちで奪っていく作戦だったとも考えられる。

それで、大和はあの場であえて何も言わずに水袋を置くことにした。

水筒を届けてくれたことに、「ありがとう」や「お礼に」などと言ったら、受け取りにくくなるかも？　という、想像までしてしまったからだ。

「すみません、狼さん。もらった牛乳もそうですが、水袋そのものも、使うものなのに」

「そこは気にしなくていい。そもそも道を間違えたのは未来だし、これを言い出すと尻尾を丸めていじけかねない。な、未来」

「それは言わないで～っ」

「――ほらな」

それでも狼と未来のおかげで、この件で尾を引くことはなかった。

未来の両手で尻尾を押さえた姿に、かえって癒されたほどだ。

「まあ、牛乳がなくてもパンケーキそのものは水で溶いても充分美味しい。生クリームがあればバターも作れる。スモモと冬苺でジャムもたっぷり作れる上に、メープルシロップまでもらってきてくれたんだから、三時のおやつはそうとう豪華なパンケーキになる」

カウンターテーブルの上には、本日の戦利品がずらりと並んでいた。

これも大量の肉じゃががあったおかげだ。

牛乳以外のものまでサービスしてくれたモーじいさんには、本当に大感謝だ。

「やった！　大ちゃん、そしたら早くバターを作ろう。ボトルに入れて、いっぱいシャカシャカしたら、できるんだよね？」

未来は早速とばかりに、バターの材料となる生クリームの入った牛乳瓶を手に取った。

そもそも、これがなければ牛乳から生クリームを作るところから始めることになっていたので、ここが一番助かったことになる。

「その前に、昼ご飯だ。烏丸が用意していてくれた」

だが、今はランチタイムだ。

先に食事を——と、狼が丼に盛ったそれをトレイに並べて、これを烏丸が座敷の座卓へ運んでいく。

「烏丸さんが？」

「わ！　カレーうどんだ！」

「肉じゃがにうどんとカレールーを入れたアレンジなので、ジャガイモの主張が激しいですが、美味しいですよ」

狼が突然未来たちの救出に向かったので、烏丸が留守を守りつつ、こうした準備もしてくれたのだろう。

大和は未来と共に座敷へ上がると、座卓に置かれた丼に両手を合わせた。

烏丸が作ってくれた肉じゃがカレーうどんは、確かにジャガイモが目立つが、スパイスの香りが際立ち食欲をそそる品だった。

不思議なもので、匂いだけなら戻った時に感じていたはずなのに、急にお腹が空いてきた気した。

無意識だが、緊張が続いていたのかもしれない。

「うん！　未来、好き！　おうどんのカレーって、カレーライスより甘いよね！」

「僕もカレーうどんは大好きです。よく、カレーを作りすぎた翌日に、うどんとめんつゆを入れて食べたりしてます。いただきます！」

ドキドキハラハラしたあとに〝飯の友〟まで戻ってきた安堵感。

そこで出された食事なだけに、大和は普段とはまたひと味違う感動が起こりそうだと思った。

（ん〜っ！　市販のめんつゆに市販のカレールーのコラボが、まさに家庭の味！　めちゃくちゃホッとする。しかもこれって、狼さんと烏丸さんの合作ってことだよな？　優しさと気遣いと、そんなものまで美味しく調理されている気がして、うまっ！　どろっとしたカレーと極太麺との絡みも最高！）

人間界では残暑の厳しい時期だが、こちらはそうでもないので、熱めなカレーうどんでも、もりもりいける。

さすがに未来は「あちっ」とやっていたが、それでも「ふーふー」しながら、一生懸命に極太麺を一本ずつ食べている。

永と劫は生憎赤ちゃん姿なので、今は黙って烏丸からミルクをもらっていた。

「めんつゆもそうだが、このカレールーもすごいよな。メーカーのレシピどおりに作っただけで、いつでも安定の美味しさだ。しかも、好みや気分に合わせて、ルーを変えれば、そのときの自分好みで食べられる」

――と、ここで何を思ったのか、カウンターの中から狼がストックしていたらしいカレールーをテーブル上に並べ始めた。

「え⁉　えええっ！　狼さん、それは」

「少し前から、ハマっておりまして。とりあえず、狸里さんにお願いして、店頭にあるものを一種類ずつ買ってきていただいたんです。それもあって、昨夜はお一人でも寄ってくださって――」

そんな予感はしていたが、けっこう集まってきたのを、大和にも見てほしかったのだろう。コレクション自慢に似た心理なのかもしれないが、入手先を説明してきた烏丸は苦笑気味だ。

そこそこ日持ちがする上に、店で使えるものとはいえ、今後は週二ぐらいでカレーなんとかが出てきそうだ。

「大和のところで売っているのは、また違うんだよな？　オーガニックのカレー関係って、どんな感じになるんだ？」

それでも聞かれたら答えてしまうのは、店員の性《さが》だ。

「そうですね。うちで取り扱っているカレー関係は、まずは普通のルーと同じ粉末や固形タイプに、スパイスセットのタイプ。各タイプを国内外から三、四メーカーくらいを厳選して置いてます。そうでなくても甘口、辛口なんていうのもありますし、種類が多すぎても、お客様が迷われてしまうので。あとは、ココナッツミルクやチャツネのような関連商品になりますが。だいたい、全部で棚二段くらいに収めるようにしてあります」

「棚二段――か。大和！　頼む」

「はい。今日にでも、買って届けますね。被るといけないので、ちゃんとここにある在庫をチェックして」

「すまない。助かる。あ、届けてくれるのは、次に来るときでいいし。もちろん、先にお金は渡すから」

注文をもらったとなったら、笑顔で快諾してしまう。

「どういたしまして。こちらこそ、ありがとうございます」

〝飯の友〟に限っては、個人配達だってＯＫだ。

狼は今夜にも増えるコレクションを妄想してか、俄然張り切って夜の仕込みをし始めた。

耳がピコピコ、尻尾がブンブン、これまで見てきた中でも最高潮にご機嫌だ。

「からちゃん。肉じゃがのあとは、カレーが続くのかな？」

すると、これを見ていた未来が小声で呟く。

子供ながらに、今後の食卓事情に不安を感じていそうだ。

「そうですね。少なくとも、おばあちゃんに頼まれためんつゆ探しが終わるまでは、アレンジカレーや肉じゃがコロッケ、ポテサラ、更には和風グラタンなんかが、続くと思います」

「未来、ジャガイモもカレーも好きだけど、唐揚げやタコさんウインナーも食べたい」

それとなく上目遣いで烏丸におねだり。

「そこは、承知しました。忘れないようにしておきますね」

「やった！」

この時点で、未来の食事はある程度まで保証された。

そうして大和は「ご馳走様！」をしたあと、未来と一緒にバター作りを楽しんだ。

ペットボトルサイズの容器に生クリームを入れて、クリームが分離し、バターとなる部分が固形化するまでひたすらシャカシャカ振り続けていく。

作業としてはそれだけだが、一人でやると何でも楽しい。

烏丸や永と劫が加わり、応援してくれたから、もっと楽しかった。

そうして、あっという間に大和の中休みは終了となった。

「大ちゃん！　またね‼」

「うん！　またね！」

名残惜しい気はするが、四時にはいったん自宅へ戻って、五時出勤の準備だ。

しかし、店へ行くその前に、大和はおばあちゃんから惣菜をもらったときに借りていた容器を返しに行った。

中には、めんつゆ違いで作られた肉じゃが八種が、一口ずつ味見ができるように小分けされて、その上銘柄シールまでつけて詰められている。

「まあ！　それで未来くんの叔父さんは、こんなに味違いの肉じゃがを作ってくださったの？」

「はい。ただ、これらはすべて〝おじいちゃんの味ではないと思う〟そうで、単純におばあちゃんへのお土産です。未来くんの叔父さんとしては、他にもいろいろ試したくなったようで、もう少し時間をくださいってことでした」

「――かえって、申し訳ないことになってしまったわね。ごめんなさい」

大和の予想どおり、おばあちゃんは驚くやら、恐縮するやらで、容器を持ったまま頭を下げてきた。

昨日の今日で、まさかこんなことになるとは思わなかったのだろう。

これに限っては、大和も同じだ。

「そこは、大丈夫ですよ。とっても凝り性の方なので、めんつゆ魂に火が点いてしまっただけのようです。ただ、だからといって、必ずおじいちゃんの味に行き着くものではないので、よかったら味見をすることで、自分と一緒に楽しんでもらえたら嬉しいとも言ってました」

「そうなの。言葉選びから何から、優しい方ね」

大和が狼からの伝言を伝えると、おばあちゃんの顔がパッと明るくなった。

これには大和も嬉しくなる。

「はい！　僕もそう思います。そういうことなので、おばあちゃんも一緒に味見を楽しんでください。いろんな肉じゃがアレンジがあるので」

「ええ。わかったわ。楽しみが増えて、嬉しい。ありがとう」

「こちらこそ！　じゃあ、仕事に行ってきますね」

「いってらっしゃい」

大和はおばあちゃんへの用を終えると、その足で〝自然力〟へと出勤した。

（――とはいえ、さすがに連日張り切りすぎたかな？　仕事帰りに行って、そのまま一泊して遊び倒してまた仕事とか。なんか、深森の日帰り追っかけツアーをどうこう言えなく

なってきた）

ちょっと前までは、仕事終わりに夜行バスで現地へ行き、コンサートを見たら再び夜行バスで帰宅し、そのまま仕事に来ていた深森を、ただただパワフルだなと思っていた。

真似する気もなければ、真似できるとも考えていなかったが、純粋にそこまでできる趣味や楽しみがあることが、大和は少し羨ましいと感じていた。

それほどコンサート前後の深森は生き生きしていたし、何をするにも楽しそうだったからだ。

（今の僕なら、あんな顔してるのかな？　もしかしたら、もっとニヤけているかもしれないけど）

大和は店の通用口からバックヤードへ入ると、いつものようにロッカールームで制服のエプロンを着けてから、事務所へ向かった。

「おはようございます」

「おはよう。大和。少しは休めた？」

事務所では白兼がデスクに向かっており、開口一番、自身の誤発注からシフトを狂わせてしまった大和を気遣ってくれた。

「はい。おかげさまで」

「よかった。そしたら、今日もよろしくね」

「頑張ります！」

簡単な会話だったが、大和はいっそうやる気をもらった。

（ああ言ったからには、ラストまで頑張らないとな！　狼さんに頼まれたカレーの確認もあるし――）

タイムカードを押すと、まずは店内へ向かう。

「ん？」

すると、いつにも増して甘い香りが漂っている。

お客さんと従業員の立ち話も聞こえて、かなり賑わっているようだ。

（あ、今日の唐揚げトッピング一推しは、おろしポン酢と薬味ダレか。あのうちわ型ポップは間違いなく深森だ。慣れもあるんだろうけど、うまいな。でも、薬味ダレのほうが、まさかの習字達筆！　なんだか、ポップ対決も味があっておもしろいな――）

大和は様子を見たいのもあり、そのまま惣菜コーナーの前まで行った。

すると、鼻孔をくすぐる甘い香りの正体は、「本日初の試作発売・チョリソーとの甘辛が癖になるスペインドッグ！」の紹介がついた、ソーセージに棒を刺し、パンケーキの生地をまとわせて油で揚げたものだった。

（スペインドッグ？　ああ、チョリソーだからか。部長オリジナルの命名かな。生地の揚がりを見ると、少し生地が硬め？　パンケーキ以上、ドーナツ以下な感じがする）

ちなみに〝自然力〟では、豚肉のソーセージで作るものをアメリカンドッグ。魚肉ソーセージで作るものをフレンチドッグと呼んでいる。

「よ、大和！」

調理場から出てきた惣菜部長から声をかけられる。

「惣菜部長。おはようございます」

「あのパンケーキミックス、本当に使い勝手がいいな。生地がもっちりしてて濃厚で、牛乳の甘みもしっかりしていて。いつもの粉から変えただけなのにアメリカンドッグやフレンチドッグの味が格段に上がった気がする。何もつけなくても美味しいし、試しにチョリソーを使ってみたら甘辛いのが超癖になるんだ。これは、若者受けしそうな気がする！」

妙に機嫌がいいなと思えば、スペインドッグがかなりの自信作になったようだ。

もともとドッグ系の新作は候補にしていたようだが、確かにチョリソーは個性的だし、パンチが強そうだ。

これは大和も味見がしたくなる。

「部長。これってどうして、韓国《かんこく》ドッグじゃないんですか？　チョリソーって韓国のソーセージですよね？」

するとそこへ、藤ヶ崎が立ち話に参加してきた。

先日の居酒屋で〝唐揚げにレセン〟でフェアのきっかけを作った者だが、ここへは大学受験に失敗したことがきっかけで入ってきた経緯がある。

最初は「大学受験を諦めるなら、人生探しの期間にする」とかなんとか言っていたが、参加した合コンで社会人の彼女ができて以来、現在はこの〝自然力〟で正社員になり、いずれは今の彼女と結婚するのを目標にしている青年だ。

「いや、発祥はスペインだし、チョリソーはスペイン語だ」

「えー！　俺、ずっと韓国だと思ってました！　ピリッと辛い系だし、赤いし、だから、そう思い込んじゃってたのかも」

「そう言われると、そう思い込んでる者もいるかもな。俺はチョリソーが流行《はや》り始めたな～って頃を記憶しているから、なんとなく知っていたが。ちなみにチョリソーが赤いのは、パプリカの香辛料のためで、本来は唐辛子の色じゃない。ただ、辛味追求で出されている商品なんかは、唐辛子が勝ってて、余計にそうした思い込みになるのかもな」

藤ヶ谷と惣菜部長の話に、大和は、なるほどな――と思う。

大和自身は、これまた近所にソーセージやウインナーを製造販売している友人宅があったので、こうした種類のことは遊びに行って、ご馳走になったときだったり、友人両親を交えた世間話だったりの中で覚えていた。

なので、逆を言えば、そんな流行があったことを知らない。

「流行り始めですか」

「今はなんら疑問もなくあるのが普通ってものでも、出回り始めたときって、あるからな。もとが外国産のものは特にだ」

「――なるほど」

そう言われると、確かに爆発的にヒットし、流行った飲食がある。

仕掛け人あってのブーム要素が強いだろうが、それでも「食」でのヒットが多いのは、やはり日常生活になくてはならない要素であり、生きる上で絶対不可欠なものだからだろう。

「ここの目玉になるといいですね。スペインドッグ」

「おう！　こうなったら、〝自然力〟全店舗で採用、ヒットするように頑張るぜ！」

大和は惣菜部長との話を終えると、藤ヶ崎に仕事へ戻るように促しつつも、自分も担当棚の確認をしに行った。

生鮮、鮮魚、精肉、惣菜を除く、店内商品担当の社員は、海堂に深森に大和の三人。

あとはアルバイトの補助でまかなっているので、自然に商品棚の四、五割近くを担当することになる。

海堂や深森とは互いに手伝い合うので、ある程度までは把握し合うが、それでもメインに担当している棚はあるので、まずはそこから確認に行く。

海堂が日用雑貨全般、深森が冷凍冷蔵食品、そして大和は常温保存食品だ。

（惣菜コーナーではいい感じだな。この調子で、通常販売のほうも伸ばしていかないと）

ただ、一般売りされているモーモーパンケーキミックスを見に行ったときだった。

大和との目に、スーツ姿の青年が飛び込んできた。

「あ――。うちの棚が減ってる。国産有機のミックス粉が道産のモーモーパンケーキミックス粉に押されまくってる」

いつかどこかで見たような気はまったくしなかったが、大和にはその青年が取引会社の営業マンだとすぐにわかった。

不思議なものだが、棚を見る目が一般客とは違うのだ。

何かブツブツ言っていたが、彼の視線の先にあるのは、パンケーキミックスのコーナーだ。

（あ……多分、国産有機粉を卸《おろ》してもらってる、西都《せいと》製粉の社員さんだ。これまでに見たことがない上に、担当者変更も聞いてないから、おそらく他部署か他店の担当さんがふらっと立ち寄った感じだろうけど。これまで二対一で置かれていた国産有機粉と、モーモーの配分が入れ替わったから。やられた！　って思っているのかも）

大和は声をかけるかどうか、少し悩んだ。

「――でも、これって。多少高くても、美味しいものが売れるって証だよな。あとは道産、やっぱり北海道って産地、ブランドは一定の農作物と海鮮、乳製品では突き抜けて強い。もっと市場を勉強しないとな。よし！」

しかし、その青年はブツブツ言い続けながらも、大和が悩むうちに気持ちを切り替えたようだ。急にその場から移動し、惣菜コーナーへ行ってしまった。

大和はなんとなく、彼を追いかける。

すると、青年は新商品や唐揚げフェアの様子を見ると、瞬時に目つきを変えた。

完全に買い物客の目になった。

しかも、そこへ事務所から出てきた白兼から声をかけられると、またすぐに目つきが変わり、姿勢まで違う。

その青年の仕事とプライベートのオンオフは、本当にわかりやすかった。

が、それだけ切り替えが早くて、よいと言うことだろう。

すると、ここで大和もピンとくる。

（あ――。なるほど。白兼店長と知り合いってことは、自社製品用に発注している国産有機〝雪ノ穂《ゆきのほ》〟ブレンド粉の担当さんだったのか。僕より若そうな感じの人だけど、〝雪ノ穂〟を担当してるってところで、敏腕なんだろうな――）

〝雪ノ穂〟は道産の中でも年間生産量が決まっている小麦で、以前〝自然力〟で自社製品を開発し始めたときに、大和も紫藤から「直接生産農家から買いつけがしたいので、繋ぎを取ってほしい」と頼まれたことがあるものだった。

たまたま、〝雪ノ穂〟の生みの親である農家さんが、両親と親しかったからだ。

しかし、そうしたコネを使って話はするも、「西都製粉への義理があるから、こればかりは無理だ」と頭を下げられた。

やはり、まだまだ無名だった頃の〝雪ノ穂〟を見出し、大口の取引をすることで、生産を支えてくれた相手への恩は大きいとのことだった。

だが、それはそれでもっともだ。

結局、〝自然力〟は西都製粉のほうに相談をして、〝雪ノ穂〟をメインにした国産有機ブレンド粉で卸してもらえることになった。

今では自社製品の第一弾、オーガニックパスタとして棚にも並んでいる。

（直接の担当ではないにしても、自社製品が他社製品に取って代わられているのを見たら、これは悔しいってなるんだろうな――。でも、これって他人事じゃない。うちのお客様だって、きっかけ一つで通いのスーパーを変えるだろうし。だからこそ、日々の努力を怠れない。品揃えや価格もそうだけど、僕らの接客も合わせて、できる限りのことをしていかないと）

大和は、たまたま他社の営業マンを見たことで、また悔しさをバネにしている様子を見たことで、自身の仕事への熱が上がった。

こんなふうに刺激をもらえることもあるのだな――と思いつつ、

(僕も、もっと他社さんの棚も意識して見るようにしてみよう。今は有機食材を置いているところも多いし。近くで言うなら、全国展開しているオレンジストアやハッピーマーケットには、僕が物心がついた頃から、有機食材専門のコーナーがあるくらいだ)

今後は個人的にも、勉強していこうと考えた。

が、そんなときだ。

(――あ。そういえば、あれから狸里さんと鼓さんはどうしたかな? 肉じゃが弁当は、美味しかったかな?)

大和は、オレンジストアを思い浮かべたことで、狸里たちのことが頭によぎった。

ただ、店の評判はいいのに、上司や同僚に恵まれている気がしないところが、大和としては気になった。

なんだか仕事以上に、職場の人間関係で神経を使っていそうで。

そもそも狸なのに人間関係でというところがさぞ理不尽だろうな――と。

＊　＊　＊

他社研究もさることながら、狸里たちのことが気になり、大和は翌日には近場のオレンジストアへ行ってみた。

しかし、考えるまでもなく、狸里と鼓は支店勤務とはいえ外回りをする営業マン。ストア勤務ではないので、当然のことながら、会うことも様子を見ることも叶わなかった。

だが、改めて意識して見て回った他社の様子は、大和にとっては勉強になった。

大型スーパーのオレンジストアと中型スーパーの〝自然力〟では、規模から取り扱い商品からまったく違うが、それでも行き届いた社員教育と接客のよさには、感心するばかり。見習い、学ぶべきところがとても多いことに気づけたことは、大和にとってはいい収穫になったのだ。

そうして迎えた週末のこと——。

（わ！　これってヒット商品の仲間入り⁉　惣菜部の唐揚げトッピングつきとスペインドッグが、右肩上がりに売れてる！　特にスペインドッグ！　惣菜部長に取り置きを頼んで、やっと買えた！　カレーセットと合わせて、今夜持っていこう。遅いけど、届けに行くだけなら、いいよね）

この日、大和は遅番で職場を出たのが十時過ぎだったが、その足で〝飯の友〟へ向かった。

リュックの中には、先日狼から頼まれていた、カレールーが詰め込まれている。

結局オレンジストアとの被りが少なかったこともあり、けっこうな量になった。

あれから何食に一度カレー味の何かが卓上に載っているのかはわからないが、大人の事情に巻き込まれて「もう飽きた」と未来が言っていないことを祈りつつ、大和は普通のウインナーや惣菜唐揚げも、合わせて買って持ってきた。

しかし、そんな大和が「こんばんは」と、店の引き戸に手をかけたときだ。

「だから、どうして先輩はそうなんですか！　合コンなんて誘われたところで、話のネタにされたり、馬鹿にされるだけだってわかっているじゃないですか！　断ればいいじゃないですか‼」

いきなり鼓の怒鳴り声が聞こえてきた。

（――え？）

「そうムキになるなって。別に、お前がどうこう言われてるわけじゃないだろう。まあ、お前の場合はイケメンがたたって、可愛い子を呼ぶ餌みたいになっているのには、腹が立つだろうけどさ」

そうっと引き戸を開くと、店内にいるのは狼と鼓と狸里だけだった。

二人はいつものように座敷の座卓で向き合い、食事とお酒を並べている。

時間も遅いからか、未来や永と劫の姿はなく。

おそらく烏丸が母屋に連れていき、寝かしつけているのだろうと、大和は思った。

「そんなの人間の目から見ただけの話じゃないですか！　俺なんか、素に戻ったら貧相《ひんそう》なルックスだし、毛艶《けづや》はいまいちだし、腹鼓は音外すしで、いいとこなしですよ！」

狸里に「まあまあ」と宥められるも、鼓の勢いは止まらなかった。

それどころか、大和からすると驚くような自虐《じぎゃく》まで吐き出す。

「それに引き換え、先輩は健康的なふくよかさに、艶々でふかふかな毛艶。何より一族一の腹鼓名手で、それこそいずれは長老の座にと言われる若手のリーダーじゃないですか！　それを人間ごときが狸腹だの小太りだのって馬鹿にして！」

入り口で立ち尽くす大和に気づくも、鼓は吐き出すことを止められない。

狼がカウンターへ手招きするので、大和は静かに戸を閉めて、席へ着く。

（……でも、そうか。美女も美男もその土地や時代によって、基準が違ったりするから。どんなに変化した姿がクールなイケメンに見えても、鼓さん自身は本体にコンプレックスを持っているし。逆に狸里さんは本体に戻ったら、見た目から何からパーフェクトな一族のスーパーヒーローなんだ！）

大和は狼からおしぼりを渡され、手を拭いた。

（でも、そう言われると、確かにこの前の運動会のあとの親睦会で披露した狸囃子《ばやし》ライブで、ソロパート叩いてたもんな。僕みたいな素人が聞いても、響きが違うというか、音の深さや広がりが違うっていうのが、わかるくらいの音色だった）

その間も、大和はどうしてこれほどまでに鼓が激怒しているのかを理解する。

(何より、酔っ払って未来くんたちと寝ちゃったときも……。うん！　艶っ艶で、もっふもふの毛並みだった。それこそ未来くんたちが、気持ちよくてすり寄ってたくらい。しかも、成獣でも、どこか可愛くて。彼に省エネサイズがあるのかどうかはわからないけど、あったら絶対に狐塚さんに負けてない気がする)

彼らにとっては、人間に変化した姿は借りものだ。

本体の姿にこそ、重んじていることも多いのだろう。

それを何も知らない人間が、変化した姿だけを見て、小馬鹿にする。

大和からすれば、その上司たちのなんて滑稽なことかと思うが、当事者からすればそれではすまされない感情が湧き起こっても当然だ。

「先輩も先輩ですよ！　いくら上司や同僚相手だからって、もっとガツンと言い返せばいいのに！　先輩が馬鹿にされるってことは、俺たち狸一族だって馬鹿にされてるってことなんですよ！」

しかし、ここで大和は驚くべきことを耳にした。

「鼓──。でも、そんなことをいちいち気にしたところで、給料と関係ないだろう。見た目で仕事上の評価を下げられて、給料にまで影響があるって言うなら、さすがに俺も黙ってないけどさ。給料の査定自体は、きちんとされてるし。取引先の担当者だって、見た目より実務を評価して、付き合ってくれてるから、問題ないし」

（え、狸里さん？）

思わず狼と彼の顔を交互に見てしまうが、そうした中でも狼と目が合うと、彼は大きく頷いた。

まるで、狸里はもとからこういう狸だ――とでも、言うように。

「そういう問題じゃありません！」

「そういう問題だろう。会社は仕事をして給料をもらうところだし。俺は別に、変化した姿を褒められたくて行ってるわけじゃない。仮に、見た目でどうこう言われたところで、給料と関係ない相手なら、まったく気にならないし。何より、お前や里の仲間が本当の俺をそうやって褒めて、認めてくれるんだから、それで充分じゃないか」

ただ、こうして狸里が割り切って人間界で働いているためか、鼓の言い分はわからなくもないが、面倒くさい奴だな――とも、言いたげだった。

ある意味、狸里は人間界での仕事に利害関係しか求めていない分、期待がないのかもしれないが――。

しかし、そう考えると、これはこれで大和としては胸が痛い。

「それこそお前が腹を立てるなら、もっと給料上げろとか、合コンで餌にするなら会費ただにしろとか、そういうところだろう」

「だからこれは、お金とかそういう問題じゃないんです！」

「お前はな。でも、俺はこう見えて、狐塚と一緒。いや、それ以上かな。稼ぐために人間界で勤めてるんだから、そこが成立していれば、他はどうでもいいよ」

「――っ‼」

それでも、ここまできっぱり言われてしまうと、大和は必死になっている鼓が気の毒に思えた。

狸里はビールの入ったグラスを持って、ぐびぐびと飲み干していく。

（うわ……。まさかのホスト狐塚さん以上宣言！　あんなに穏やかで、のほほんとした笑顔と口調で、お金至上主義！　いや、もちろん。サラリーマンとしては、これ以上ないくらい正しい意見な上に、鉄のメンタルなのかもしれないけど……。というか、こうなると上《うわ》っ面《つら》だけで、狸里さんを馬鹿にしていたっぽい上司や同僚のほうが、僕が言うのは失礼だけど――、本当にちっさいよ。滑稽な上にちっさい！）

脳裏に思い浮かべた彼らの上司、同僚が正真正銘の小物にしか見えなくなった。

狸里の懐具合の大きさ、深さがすごすぎるのだろうが、それにしたって男前だ。

強い！　としか言いようがない。

「とにかく。俺は明日早いからさ。今夜は先に帰るけど、お前もほどほどにしておけよ」

「……」

そうして空になったグラスを置くと、狸里は口を噤《つぐ》んだ鼓の前から離れて、座敷から下りた。

「それじゃあ、店主！　騒いじゃって、すみません。こいつの分は、あとで俺が払うので、何か美味いものでも出してやってください。お腹いっぱい食べて寝たら、機嫌も毛艶もよくなると思うので」

そして、まずは狼に声をかけてから、大和のほうに目を合わせてきた。

「ごめんね、大和くん。嫌な話を聞かせちゃって。今度会ったら埋め合わせするから、また一緒に飲んでね」

困ったように笑うも、その場で手を振り、店から出ていった。

ああは言っても、その後ろ姿に覇気がなく――。

「狸里さっ！」

大和は咄嗟に声を上げるも、追いかけることができなかった。

カウンター席から伸ばした手だけが、虚しく空を切る。

（――ああは言っても、平気なわけがない。狐塚さんだって、何だかんだで落ち込んだり、凹んだりするんだから。面と向かって容姿を笑いものにされたりしたら、それが仮の姿であったとしても、気持ちがいいはずないよ）

今の狸里の発言が、空元気や強がりだとは思わない。

だが、彼が会社で仕事以外のことで、気分を害される必要はどこにもない。

それこそ、どんなに「気にしない」と言ったところで、そもそも気にするしないを考えさせられるようなことを他人がすること自体が間違っているのだ。

上司にしても同僚にしても、一番肝心なことが社会人としてできていない。

「うわっっっ！」

――と、しばらく俯き、狸里を見送ることとさえしなかった鼓が、いきなり声を上げたかと思うと変化を解いた。

（ひっ！）

驚く大和をよそに、怒り任せに腹鼓を打ち始める。

「どうして、こんなときに、よりにもよって狐塚～っっっ！　何も、そこを引き合いに出さなくたって、いいじゃないか！　ってか、腹いっぱい美味いもの食べて寝たら、機嫌も毛艶もよくなるって！　いったい俺はどこの子狸と一緒にされてるんだよ！　立派な成獣狸だぞ～っ！」

ぽんぽこんぽこ！　乱れ打ち。

しかし、先ほど彼が自虐したように、その音色は微妙なもので、大和と狼は反射的に耳を塞いでしまった。

「うわ～んっ！　先輩の馬鹿～っ」

ぽんぽこんぽこ！

こうなると騒音に近く、母屋から猛ダッシュで戻ってきただろう烏丸が裏口から入ってくると、

「うるさいです！　やっと双子が寝たのに、起きたらどうしてくれるんですか！　静かになさい、下手くそっ！」

「――っ!!」

ものすごい勢いでぶっちぎれて、言いたいことだけを言うと、バン！　と扉を閉めて、母屋へ戻っていった。

今夜は双子の子守に、よほど苦戦していたようだ。

狼が両手を合わせて「すまん」とするが、鼓は完全に硬直だ。

「……ぅぅぅっ。下手くそって言った……っ」

その後は、その場に伏せて、シクシクメソメソし始めた。

大分酔いが回っていたのかもしれないが、確かにこれは面倒なタイプだ。

変化姿がイケメンなだけに、残念度合いが半端ない。

だからといって、放っておけないのが大和だ。

カウンター席から下りると、座敷へ移動した。

「そう、落ち込まないでください。狸里さんだって、鼓さんの気持ちはわかってますよ。

というか、鼓さんがそうして代わりに怒ってくださるから、ああして落ち着かれているんだと思いますし」

いつもの、自分より年上の男性の変化姿だったら、こうはできないが。

今はうずくまって泣いている狸なので、背中をポンポンしながら慰める。

「だからって、あの人は俺が何も言わなくても、態度は変えませんよ。本当に、常にへへへっと笑って、笑いのネタにされていて……」

すると、鼓が目を擦りながら、大和を見上げてきた。

「そんなのいいはずないのに。いつだって、我慢しているのは先輩ばかりで。なんで、人間ってああなんだよ！　自分たちだけでこの世界が回ってると思いやがって！」

高ぶる感情のまま、言い捨てる。

しかし、これだけは大和も聞き逃せなかった。

「それは全部そうではないので、誤解しないでください！」

泣き伏していた彼の首根っこを掴むと、感情のままに持ち上げた。

痩せ型の狸とはいえ、雄《おす》の成獣だ。

体長は六十センチ近くあるし、体重だって五キロはありそうだ。

掴み上げられた鼓のほうが驚愕している。

だが、大和は気にしない。

「――っ‼」

「確かに、中には嫌だなって思う人間もいます。そんなの人間同士でも、なんでこんなこと言ったり、したりして、喜んでるんだろう？　って、呆れる人もいます。同じ人間として申し訳なくなるくらい、たくさんいます。それこそ虐めたり、からかったり、ちょっとしたことでも自分のほうが優位に立とうとして、相手を傷つけたり。でも、全部がそうじゃないですから！　人間全員が、そうじゃないですから‼」

さすがに振り回すことはしないが、それでも大の男が本体に戻っているとはいえ、両手両脚をぶらんとさせた姿で、大和の顔の前まで持ち上げられる。

視線を逸らすことさえ許されずにこんこんと叱られ、諭されるのは、かなりバツが悪そうだ。

これでは追い打ちをかけることになりかねないが、それでも大和は言い続けた。

ここで強く否定をしなければ、自分や何の関係もない人間たちまで、彼の上司たちと同じ括りにされてしまうからだ。

「僕だって、そんな理由で狸里さんが、ここで知り合った友達が馬鹿にされるのは許せないし、腹が立ちますから！　どうか、それだけは信じてください‼」

それでも最後は力が入りすぎて、二、三度ガクブルさせてしまった。

「わかりました！　わかりました！　俺が言いすぎました、ごめんなさい！」

鼓が観念したように、自身の非を認めて「放してぇ」と身体を捩る。

「――あ、ごめんなさい！　失礼しました」

大和は「しまった！」と気づくと同時に、彼を座布団の上に下ろす。

すると、鼓がその場に正座し、頭を下げた。

「すみませんでした。俺だって、全狸を一括りにして悪く言われたら、猛烈に怒るのに。大和さんみたいな人がいるって知っているのに、こんな言い方しちゃって」

大和も彼に合わせて姿勢を正す。

「そこは、言いっこなしですよ。腹が立ったら、一括りで嫌になっても仕方がないし、誰でもそういうときはあると思います。けど、それだって、もしも鼓さんが腹の立つ人間より、優しい人間との関わりのほうが圧倒的に多かったら、そういう発想にはならないだろうし。少なくとも、鼓さんにとって、嫌な人間のほうが多くて目立っているから、感情がそっちへ行ってしまうんだと思うので」

「大和さん」

「ね」

――そう。今現在、大和が狭間世界の住民たちを悪く思えないのは、ここでの嫌な記憶がないからだ。

確かに先日はコヨーテに囲まれて脅されたりもしたが、だからといって理由もなく絡まれたわけではない。

少なからずそうなったきっかけとして、こちら側に落ち度がある。

外見だけで人を見下すような輩とは違う。

「ほらほら。とにかく一度座って、食べるなり飲むなりして気を落ち着けろ。これは俺からの奢《おご》りだ。狸里のツケじゃない」

大和と鼓の話が一区切りすると、狼が料理を手にして声をかけてきた。

「はい。ありがとうございます」

しかし、大和がそう言って頭を下げるも、座卓に置かれた中鉢を見ると、鼓がガックリと肩を落とした。

「でも、店主。そろそろ肉じゃがは……。俺、弁当をもらってから、毎日ここに来てるんですよ」

未来ではないが、大分飽《あ》きてしまったようだ。

これには狼もハッとする。

「あ……。そうだったな。なら、刺身でも持ってこよう」

「もう～。店主ってば。ご馳走様です！」

しかし、ここでどちらからともなく笑みが浮かぶと、大和はこれも狼の気遣いかな？という気がした。

そのまま刺身と新しいビール、グラスを持ってきても、鼓がすぐに笑顔になれることはなかった気がしたのだ。

「では、改めて乾杯！」

「乾杯！」

それが証拠に、鼓は狼からお刺身を出してもらうと、すっかり気持ちを切り替え、大和を相手に飲み直した。

再び獣人に変化し、互いにビールを注ぎ合うまで、元気になっていた。

7

　昨夜はカレールーとスペインドッグなどの土産だけを渡して帰る予定だった大和は、翌日早番出勤だったこともあり、朝から大分しんどいことになった。

　飲みすぎてしまった記憶と自覚はどこかへ落としてきたが、身体に残る怠《だる》さは昨夜の飲みすぎを物語っている。

　しかも、あれから二人して「パワハラ反対！」「飲みハラ反対！」「楽しくもない合コンなんてくそ食らえ！」と、毒づきながら盛り上がったまではよかったが。

　そこからどうして「一度あいつらに一泡吹かせたい！」「なら、ギャフンと言わせてやろう！」「狸里さんの敵討ちだ！」「狸権侵害反対！」となったのかはわからない。

　ただ、大和のスマートフォンにセットされているメモアプリには、次回の合コン予定日と「ギャフンと言わせろ大作戦！」みたいなことが綴《つづ》られていた。

　深夜に鼓から届いていたメールにも、「それでは当日はよろしくお願いします！」と意気揚々と書かれている。

　こうなると、鼓は当日合コンに参加しているわけだから、相手の上司たちをギャフンと言わせるのは、大和の役目だ。

　そうした計画が成されたことだけは理解できる。

　が、それだけに問題はここからだ。

　二日酔いこそはしていないが、それ以上にどうしたものかという状況になっている。

「まいった。実際の話、他社の人間相手に、どうやったらギャフンと言わせられるんだろう？　ましてや一番問題の上司って、支店勤務とはいえ、あのオレンジストアの営業係長だよ？　全国展開しているような大手マーケットのそれって言ったら、うちの店長クラス？　下手したら本社の幹部クラス？　規模が違いすぎて、まったくわからないんだけど」

　大和は時間に余裕もなく目を覚ましたところで、必要最低限の支度だけして、すぐにマンションを飛び出した。

「それに、一番肝心なのは、狸里さん自身が上司や同僚に一泡吹かせたいとは思っていないことだよな。いや、実際思っているかもしれないけど、彼の中では〝これくらい怒るに足らない〟の程度ですまされていて。さすがに実績や査定に響いたら爆発しちゃうかもしれないけど、今現在はそこまで重要視していないことで……。何より、僕や鼓さんが感情のままに動いて、万が一にも狸里さん自身の立場が悪くなったり、責任が降りかかるようなことにでもなったら、目も当てられないし――」

徒歩で十分の通勤路を足早に移動しながら、どうするべきかを考える。

「一番いいのは、狸里さんとは無関係なところから天罰みたいなものが下ること。でも、鼓さんが相手に思い知らせてやりたいって怒っていたのは、結局は合コンのネタにされていたり、本当はすごくカッコイイ？　美麗？　な狸なのに、そこを悪く言われているところにもあるからな」

ズンズン、ズンズンと歩いて、気がつけば店の通用口を通ってロッカールームまで着いていた。

これを無心とは言わないが、なんだかいつもより早く歩いてきた気がする。

そうでなくとも、一切周りを見ずに歩いていたので、大和は自分のロッカーを認識したときには、瞬間移動でもしたかのような気持ちになった。

もしくは夢遊病ってこんな感じだろうか？　と、内心ビビる。

「――でも、そもそも合コンってどんな感じなんだろう？」

それでも荷物と上着をロッカーに入れ、店のエプロンを着けると、本当の意味で目が覚めた。

もっとも冷静さが取り戻せたところで、大和は「はて？」と首を傾げてしまう。

思い返しても、大和のスケジュールの中に合コン予定が入ったのは、今回が初めてだ。

それも自分が参加する側でもないのに、書かれた日時。

大和は、狸里たちの上司や同僚をギャフンと言わせる以前に、まずは合コン自体を理解しなければならないと思った。

基礎知識としては「同数の男女が飲食で盛り上がる」で間違いないだろうが、それしかわからない。

そうした場で狸里たちの上司がどういう状況下に置かれることがギャフンなのか、ここへ辿り着くには、やはり経験者に直接聞くしかないだろうと、大和は結論づけたのだ。

その結果――。

「えええっ⁉　大和さんが合コン！」

大和はその日の昼休みに、バイトを休んで出向いた合コンで今の彼女と巡り合った藤ヶ崎に、惣菜コーナーのランチを奢る代わりに相談に乗ってもらうことにした。

了解をもらうと、ロッカールームに備えられた、休憩用のテーブルへ腰をかける。

話し始めるまでがあまりに神妙だったためか、藤ヶ崎は勝手に転職相談でもされるのかと思ったようで。大和が「合コンについて教えてください」と言ったときには、天地がひっくり返ったような驚き方をした。

転職話より合コンのほうが衝撃的なのかと思うと、これはこれで失礼な話だが。

「――いや、僕じゃないよ。友達の話。なんていうか、そのちょっとふくよかな人なんだけど。そこをネタにするためだけに、誘ってくる上司や同僚がいて。かといって断るにも角が立つ相手だから、それとなくギャフンと言わせるには、どうしたらいいんだろうなって。本人じゃなく、彼を慕っている後輩が怒って、悩んでいて――」

　それでも大和が順を追って話し始めると、普段はイケイケオラオラなお調子者の藤ヶ崎が、手にしたスペインドッグをいったん置いて、相槌を打った。

「ああ、そういうことっすか。俺も合コン三昧だったときに、たまにそういうグループを見かけたり、うっかり混ざっちゃったりしましたね。男女問わず、主催者が自分より劣ると思う人間しか集めないとか。逆らえない立場や性格の奴を弄りキャラとして混ぜて、そいつをネタに盛り上がるとか。当然、そういうのは気分がよくないから、次回からは参加しなくなるんですけど。俺も一時期、同級生に浪人ネタで弄られましたよ」

　今となっては過ぎた話だろうが、藤ヶ崎は自分にも狸里たちと似たような経験があることをうち明けてきた。

「……藤ヶ崎くんも？」

　思ってもみなかったところへ話が進み、大和も手にしたコーヒーカップをテーブルへ置く。

「はい。ずっと友人だと思っていた奴にそれやられるのって、めっちゃきつかったっすよ。でも、その場にいた彼女が――。あ、今結婚を考えて付き合ってるって言った彼女なんですけどね」

〝ねぇ。明らかに自分より大変な思いをしているだろう他人を下げることでしか自分をよく見せられないって、どれだけ元が低いの？〟

「ズバッと、言い切ってくれて。しかも、女子で一番綺麗な子だったもんだから、誰も何も言えなくなっちゃって。瞬間、俺はズキューンです」

しかし、藤ヶ崎が大和に苦笑を見せたのは最初だけだった。

彼女の話が出てきたところで、ニヤリと笑って、スペインドッグを手にして囓り始める。

「ただ、それから二人で話したときに、そもそもバイトをドタキャンして合コンに来るとか、もっと最低！　自分が知らないうちに、彼らと似たようなことをしてきたから、仕返しされてる可能性だってあるんだよって、ビシビシ駄目出しされて」

なかなか厳しい彼女だというのは、以前バイトのドタキャンを謝罪されたときに聞いていた。

かといって、大和には想像もできなかったが、実際の会話をこうして説明されると、確かにストレートな物言いをする女性だ。

しかも、正論しか言っていないので、これには藤ヶ崎も黙って降伏したのだろう。

大和でもそうしてしまいそうだ。

「――でも、結果としては。その子と付き合ってるんだよね？」

「はい！　彼女なら俺の悪いところを全部言い尽くしてくれるって思ったので、今からでも直したいから付き合ってくれ！　って言ったら、それで直るんならねって。ルックスは嫌いじゃないし、馬鹿だけど素直だから、まだ調整は利きそうだしって。本人も駄目男好きは自覚しているみたいで」

すっかり話が藤ヶ崎と彼女のことになっているが、大和は不思議と嫌ではなかった。

おそらく自分が手を焼いていたアルバイター、藤ヶ崎をここまで更生させてくれた彼女の話だからだろう。

これがただの彼女自慢だったら、大和も話を中断していたかもしれない。

スペインドッグに本日の唐揚げ、サラダにカップケーキにコーヒーをご馳走して、さすがに惚気《のろけ》だけでは終われないからだ。

「ただし、自分は将来的に結婚したい派だから、その希望が見えない男だって見限ったら、さっさと別れて次へ行くからねって宣言もされているので」

「それで今、正社員を目指して頑張るになってたのか」

「はい！」

「交際のきっかけって、わからないものなんだね」

「俺もそう思います！　ただ、その場で俺をコケにしまくってた奴らは、どん底な顔をしていたから。やっぱりその場で核心を衝かれるというか、恥をかかされるのが一番ギャフンってなるんじゃないかな？」

――と、ここで藤ヶ崎のほうから話を本題に戻してきた。

大和は半ば諦めかけていたので、ハッとして顔を上げる。

「でも、仮に恥をかかせることに成功しても、その後に職場で影響が出てもマズいんだけど」

「ああ……。プライベートと違って、会社関係は難しいっすよね。少なくとも、本人もその後輩さんも自分からは何もできないだろうし。かといって、相手の女性陣がどういう関係なのかもわからないから、先回りしてギャフン協力依頼もできないし」

藤ヶ崎は、唐揚げを頬張ってこそいたが、真面目に考えてくれていた。

しかも、レモン派だったはずなのに、今日は何もつけずに食べている。

「そうしたら、一番いいのは第三者から。できれば超イケメンとか絶世の美女とかから、その人を持ち上げるだけ持ち上げてもらって、実はめっちゃすごい人なんだぞ！　みたいな印象をつけるとかって、どうです？」

すると、いきなりこれでどうだ！　とばかりに提案してきた。

「超イケメンとか絶世の美女？」

「まあ、わざとらしいっちゃ、わざとらしいですけどね。その友人さんを下げまくってる相手が、よっぽどのイケメンかつスキルの持ち主でない限り、見てわかるほど自分より優れた相手がターゲットをリスペクトしてきて、なおかつ〝一緒に飲めてるなんて羨ましいな〜〟くらいぶちかましてくれたら、ストレートにギャフンってなると思うんっすよ」

ようは、相手のプライドをとことん刺激して自滅してもらうパターンなのだろうが。

しかし、これだと協力者を探すことになる。

そうでなくても、飲んだ勢いで決めたことなのに、そこに更に他人を巻き込むのか？と考えると、大和も唸《うな》り声が出そうになる。

しかも、容姿で馬鹿にしてくる相手を、容姿でやり返すのは、どうなのだろう？　と思った。

もちろん、こちらは誰かを馬鹿にするわけではなく、ただただ狸里を持ち上げてもらって、あとは相手が勝手に凹むのを待つだけだろうが。

「そもそも自分が何かにつけて中途半端だから、そうやって踏み台を作って、少しでも自分をよく見せようってなるんだと思う。そいつ絶対にイケメンでも超優秀でもないでしょう？」

「うーん。僕自身はよく知らない人だけど。少なくとも日頃から店長を見ていたら、イケメンとは思わないルックスのほうかな？　スキルはわからないけど、性格的には比較にならないと思う」

それでも聞かれたことに対して、嘘はつけない。

大和は居酒屋で見かけた四十代半ばくらいの係長の顔を思い出すと、自分を棚に上げて十人並みと言うのは失礼だろうと、身近なイケメンを比較に出した。

だが、いざ想像してみたら、自身の残酷さに胸が痛んだ。

その辺のおっさんを芸能人と比べるくらい、同性の目から見てもレベルが違った。

これは比較対象が悪かった。

「そしたらいっそ、店長にお願いして、一役買ってもらったらどうですか？」

しかし、これは名案とばかりに、藤ヶ崎がポンと手を叩く。

「白兼店長に⁉」

「いや、こうなったら肩書は専務のがいいかな！　それこそ、合コンの場に出向いてもらって、知り合いのふりをしてもらうとか。それが無理そうなら、いつもうち大和がお世話になって～とか。お噂はかねがね～とか、声をかけてもらって、褒めちぎってもらって。ついでに、その場の女子を全員落としてもらったら、これ以上ないギャフンになると思いますよ。俺だったら、気持ち的には机の下に潜《もぐ》りたくなると思う！」

すでにシミュレーションに入ったのか、藤ヶ崎はノリノリだ。

これぞ勝ち戦！　と、はしゃぎまくっている。

「……え。言わんとすることはわかるし、光景みたいなのも想像がつくけど。店長自身は、知り合いでも何でもないいんだよ。そんなことお願いできるかな？」

「そこは、大和さん自身がとても大事な友人なんで——って言ったら、一発じゃないですか？　白兼店長にとっては、大和さんが大事な社員なわけだし」

しかも、さらっとすごいことを言う。

たとえ世辞でも、嬉しいことを言われて、大和は胸が熱くなる。

「……藤ヶ崎」

「何？　俺がどうかしたの？」

（え！）

だが、現実とはこんなものだった。

ランチタイムに入ったのか、白兼が手には大和たちと似たような惣菜コーナーでチョイスしたランチセットを持って立っていた。

相変わらず爽やかな笑顔で、二人の側に腰をかけてくる。

「あ！　いいところに。聞いてくださいよ～。実は大和さんが合コンで～」

「言わなくていいよ！」

あまりの偶然というよりは、単に自分がシフトを把握していなかっただけだが、大和が止める間もなく藤ヶ崎が笑って言ってくれた。

「——は？　大和が合コン⁉」

大和が慌てて「いえ、それは！」と訂正しようとするが、こうなったら藤ヶ崎の口に戸は立てられなかった。

全部この場で暴露された挙げ句に、白兼にギャフン用のイケメンオーダーまでされてしまう。

「——はぁ。なるほどね。白羽《しらは》の矢《や》を立ててくれたのは嬉しいけど。でも、それって大人げなくない？　たとえが悪いけど、子供の喧嘩に親が出ていくみたいな構図になってない？」

それでもすべてを聞き終え、把握した白兼の対応は大人だった。

自社の専務まで引っ張り出すのは、確かにそれに近い気がしたのだ。

ただ、これに藤ヶ崎はまったく引かなかった。

「そんなことはないですよ！　近所の知り合いが出ていく構図には似ているかもしれないですが。だからといって、そこでビビるか否かは、相手次第です。そもそも意地悪している本人に悪意がなければ、なんとも感じません。そこで〝きぃぃぃっ〟てなる場合は、これこそ相手だって立派な大人なんだから、自己責任です。自業自得です！　どうです？　店長！　いや、専務‼」

こちらはあくまでも狸里を持ち上げるだけなのだから、それでキーキーするのは相手の勝手という言い草だ。

だが、これはこれで説得力かある。

確かに係長本人の性格が歪んでいなければ、狸里が褒められたところで嫉妬することはない。

「なるほどね」

「そしたら、決まりでいいですよね！　週明けの火曜、九月二日の夜ですんで、お願いしまーす！」

「え⁉　九月二日？　ごめん。先にそれを聞けばよかった。その日は朝から社長が留守で、俺は本社勤務なんだ。場合によっては、夜は接待で呼ばれるかもしれないから、誰とも約束ができない」

白兼が一度は藤ヶ崎の説明を受け入れ、納得をしかけた。

だが、その上で壁にかかるカレンダーを指差す。

取引相手からもらった社名入りのそれには、六曜の他に月齢が印されている。

しかし、ここで初めて大和は気がついた。

（あ、合コンの日って、満月だ！　そしたら、いるじゃん。最強のイケメンたちが‼　それこそ僕より、よっぽど狸里さんや鼓さんと縁の深い仲間たちが！）

これなら狸里に無関係な人間に変な依頼をする必要はない。

狼や狐塚に少しだけ店を抜けてもらうか、この日だけは休みにしてもらうか。

いずれにしても、どこの誰に頼むよりも、お願いしやすいと気がついたのだ。

「あちゃ～。残念！　専務どころか社長も駄目確定じゃん！」

「ごめんね、大和。いつも助けてもらっているのに」

藤ヶ崎は全力で悔しがり、白兼は心から申し訳なさそうに謝罪をしてきた。

だが、これだけでも大和からすれば、嬉しいことだ。

藤ヶ崎は想像以上に相談に乗ってくれたし、白兼まで真剣に耳を傾けてくれたのだから。

「そんな！　話を聞いていただけただけでも、感謝です。それに、店長が言うのはごもっともです。一つやり方を間違えたら、僕自身がその嫌な人たちと同じことをしてしまいかねないし。虎《とら》の威《い》を借《か》る狐にもなりかねない」

「大和さん⁉」

とはいえ、その日は予定が合わないと知ったにもかかわらず、活路を見出したように明るくなった大和に、藤ヶ崎は逆に驚いていた。

そしてそれは白兼も同じだったようで——。

「ここはやっぱり、僕自身ができることをしたいと思います。友達なのは僕なんですから」

「そう。なら、がんばって」

「はい！」

大和の態度が変わったことに、驚きと不安があるのを、隠せずにいた。

けどね！）

（——とは言っても。虎の威は借りないけど、狐やオオカミのルックスは借りちゃうんだ

＊＊＊

そうして迎えた満月の夜のこと。

「やったね、大ちゃん。お月様、まん丸だよ！」

「本当。すごく綺麗だね」

大和と未来は〝飯の友〟の前で、雲一つない空を見上げていた。

「未来、今夜は曇らせないでねって、神様にもいっぱいお願いしたんだよ！」

「そうなんだ。ありがとう」

「へへへっ」

大和は早番に残業が加わることになったが、それでも五時半にはアップした。

いったん自宅に着替えに戻るも、六時半前には〝飯の友〟へ移動。

そして問題の合コンは、新宿駅近くの多国籍バルで、七時スタートの二時間を予定。

鼓からは、「過去の統計からすると、上司たちは八時前くらいが一番調子に乗っているので、そこでギャフンとお願いしたいです」とのことだった。

あとは、「当日にどんな女性が来るのかわからないので、相手によっては巻き込みたくない。それを判断するためにも一時間程度は様子を見せてほしい」と。

普段なら、どうやって狸里を連れて帰ろうか、途中で離脱しようかと試行錯誤するそうだが、今夜の鼓はノリノリだ。

上司だけではなく、狸里にも企《たくら》みがバレるといけないので、朝からぶすっとしたふりはしているが、内心では今日ほど終業時間を楽しみにしたことはないらしい。

大和のスマートフォンには、鼓からのそんなメールが朝からバンバン届いている。

この分では、今夜のお祭り騒ぎが終わっても、彼とは今後の交流が増えそうだ。

「七時半。そろそろ狐塚さんが来る頃だね」

「狼ちゃん、お着替えできたかな?」

ちなみに、狼が突然大和から聞かされた「合コンギャフン大作戦」を手伝うことになり、今夜の〝飯の友〟は臨時休業となった。

最初は、お任せ定食の準備だけしてあれば、烏丸が「子守をしながら店をオープンしますが」という話もあったが、さすがにそれは大変だ。

万が一にもトラブルがあってからでは遅いし、先日の形相を見たあとで「お願いします」とは言いがたい。

感情のままに打ちまくった腹鼓を「うるさい」「下手くそ」と叫ばれた鼓に至っては、

あれがけっこう堪えたらしく。最近では腹回りを太らせるための暴食をしたり、少しでもいい音が出るように叩き方を練習したりで、彼なりの努力もしているようだ。

そんなこんなで、今夜の烏丸は未来たちとのんびり過ごしながらの留守番だ。

「狼さん？」

大和と未来が店内に入ると、髪型こそいつものままだが、鈍色のカジュアルスーツに身を包んだ狼が立っていた。

見慣れた耳と尻尾がないのは逆に違和感があるが、大和は「すごい、狼さん。これぞ正統派イケメン！」と内心拍手喝采《かっさい》だ。

ここへ来てからの大和の周りは、イケメン率がぐぐんと上がったのだが、個々に魅力が違うので、同性ながら見ていて飽きない。

むしろ、白兼にしても、狼や狐塚や烏丸、ドン・ノラや鼓にしても、嫉妬さえ起こらないレベルなので、ただただ眼福《がんぷく》だ。

未来も「狼ちゃん似合う〜。カッコイイ〜」と、二人揃ってお気楽だ。

正直に言うなら、狼自身は肉じゃがめんつゆが気になり、こうしたことには気乗りがしていないようだったが――。

「もう一度聞くが、どうして俺まで？　これって狐塚だけでいいんじゃないのか？　むしろ、狐塚に仲間を同伴してもらうほうが、圧倒的だと思うんだが」

「それだと、かえって狸里さんに変な噂が立ちかねませんよ。こう言ったら申し訳ないですが、狐塚さんもその同僚さんも確かに素晴らしいルックスをしていると思いますが、一般的ではありません。見てわかるホストさんたちですから、狸里さんを見下すようなサラリーマンからしたら、更に見下しかねないです」

だだを捏ねているようにしか見えない狼を、今一度烏丸が説得してくれる。

「烏丸。自分が行かないからそんなことを」

「行ってもいいですが、カアカア鳴くくらいしかできませんよ。もしくは仲間を連れて、その上司と同僚を襲撃していいなら、張り切らせていただきますが」

ああ言えばこう言うではないが、こうした切り返しと、それに似合う不吉な微笑みは、烏丸ならではだ。

「すまなかった。未来と永と劫を頼む」

「承知しました」

これ以上手間をかけたら、本当にやりかねないと察したのか、狼はこれ以降はしばらく黙った。

むしろ、鴉の襲撃を耳にし、一瞬でも（あ、その手もあったのか！）と思ってしまったことは、大和だけの秘密だ。

「ちわーす！」

と、ここで狐塚が現れた。

大和のリクエストもあり、普段よりは控えめにシルバーグレーのスーツを着ているが、それでも本人がギラギラしているので、夜でも目立つ。

しかも、続けて「こんばんは～」と声がし、誰かと思えばドン・ノラだ。

「あ、狐塚さん。え⁉　ドン・ノラさんまで来てくださったんですか？」

「イケメン祭と聞いたんで、ならば私が行くのは当然だろうと思ってね」

何やら月明かりがなくても明るく眩しい。

狼が正統派なイケメンなら、狐塚はオラオラセクシーだし、ドン・ノラは色白で美麗なタイプだ。

「でも、お店は？」

「今夜は作り置きのみで、会長に全部任せた。なんでも鳥内会の役員たちがヘルプで入ってくれるそうだから、どうにかなるだろう」

「……それはあとで、必ずお礼をさせていただきますね」

なるほど、今夜はどちらも留守は烏任せだ。

鴉も鳩も働き者だ。

「それで、大和。場所は近いのか？」

改めて狐塚か聞いてきた。

「新宿の駅前にできたばかりのバルだそうです。なんでも狸里さんたちが勤めているスーパーと同系列経営のお店だそうで、多国籍料理とお酒が売りだそうですよ」

「多国籍料理。それは、俺たちも普通に席へ着いて、食べていいんだよな？」

すると、口を噤んでいた狼の目が輝いた。

「もちろんですよ。僕らは普通に食事に行ったところで、ばったり狸里さんたちに出会って、ご無沙汰してます！　って、ことになってますから」

「わかった」

途端に機嫌がよくなり、狼の尻尾がピン！　と出る。

「狼ちゃん！　尻尾が出てるよ」

「あ」

未来にお尻をペンと叩かれ、これでは狼も形なしだ。

それでも自然と起こった笑いに、大和は両手で口元を押さえる。

「どんなにお食事がお口に合っても、耳と尻尾だけは気をつけてくださいね」

「承知した。気をつける」

そうして全員が揃ったところで、狐塚が「大通りまで出たらタクシー使おう」と言って、まずは店を出た。

それに続けとばかりに、ドン・ノラや狼も店を出る。

（狸里さんたちには申し訳ないけど、普通に楽しくなってきた）

当然大和もついていく。

同じようなスーツ姿でも、彼らの中に入るとマネージャーか何かに見られるのか、止めたタクシーの運転手にも、そう聞かれた。

四人だったので「助手席にどうぞ」と言われたが、そこは「どうも～」と言って狐塚が自ら乗り込み、一瞬運転手をビビらせる。

しかも、何を思ったのか、運転席の後ろに乗り込んだドン・ノラが、「うちの坊ちゃんに失礼なこと言わないでね」と言って、ふふんと笑った。

その上、狼が「ほどほどにしておけよ」と狐塚やドン・ノラを注意したものだから、タクシーの運転手は妙に萎縮《いしゅく》し、大和に向かって「失礼しました」と呟く。

だが、正直大和は（別にいいのに）としか思わなかった。

むしろ、タクシーを降りるまで、狐塚たちはいったい何がしたかったんだ⁉　と思ったほどだ。

しかし、

（あ、そうか）

店までの地図を出した大和のスマートフォンを覗く彼らといると。

また、こんな何でもないような光景を、どこか羨ましげに見ている通りすがりの人々を見ていると。

〝仮に、見た目でどうこう言われたところで、給料と関係ない相手なら、まったく気にならないし。何より、お前や里の仲間が本当の俺をそうやって褒めて、認めてくれるんだから、それで充分じゃないか〟

大和は、狸里がしらっとした顔で言っていた意味が、またそのときの心情が、ストンと胸中に下りてきた気がした。

（そういうことか。確かに鼓さんからしたら、上司たちをギャフンと言わせてやりたくなるだろうけど。きっと狸里さんからしたら、自分のことでキリキリしてくれる鼓さんがいるから、上司や同僚の嫌味がどうでもよく思える。むしろ、いちいちお前が俺を庇うから、かえって僻《ひが》まれるんだよ――ぐらい思っていそう）

そうして、そんなことを考えていると、

「あ、あった。ここだな。多国籍料理バル」

狐塚が雑居ビルの一階にある店の看板を見つけて、立ち止まった。

先陣を切るように扉を押す。

多国籍とはいえ、外側から店内までアジアンテイストでまとめられたそこは、バリやプーケットのリゾートホテルを思わせる。

普段はあまり見ない観葉植物や花々が飾られており、照明はステンドグラスライトで、テーブルセットなどはすべてラタン家具で統一されていた。

なるほど、女性が喜びそうなお店だ。

「いらっしゃいませ。ご予約はなさってますか？」

「はい。大和です。八時から四人で」

さっそくスタッフに声をかけられ、大和が答えた。

「お伺いしております。では、こちらのお席へご案内いたしますので、どうぞ」

こうした間にも、狼たちは店内を見渡し、狸里や鼓たちを探す。

すると、偶然だろうが、自分たちが案内されるほうに、男女が十人ほど集うテーブルを見つけた。

「本当！　その名のとおり、狸の里から出てきたみたいだろう。こんな小洒落た店でなければ、得意の腹鼓を披露させるんだけどね」

「やだ〜。さすがにそれは言いすぎでしょう」

「というか〜。狸里さんの腹鼓とか、もう狸すぎて、洒落にならな〜いっ」

五人、五人で対面になっている長テーブルには、男女が適当に入り交じって座っていた。

狸里はその中にいるも、隣に座る係長に肩を組まれて、笑いのネタにされている。

「でも、私は見てみたいな〜。このあと、カラオケ行くのってどお？」

「いいねいいね。カラオケならなんとかの狸囃子もかけられて、本格的！」

しかも、この場の女性たちは、誰も彼もが一緒になって、初対面らしい狸里を笑って、盛り上がっていた。

鼓が「様子を見たい」と言ったのは、こういうことだろう。

誰か一人でも真剣に止める者がいれば、また違った空気になるかもしれないが、これでは、どうしようもない。どこにも救いがない。

「狸里！　ってことだから、お前近くのカラオケに予約入れておけよ」

すると、係長が狸里の背を叩き、席を立たせた。

その瞬間、女性に挟まれた鼓が「なっ！」と憤慨を露《あら》わにするが、そこは狸里に「まあまあ」と宥められた。

「わかりました〜。そしたら、ちょっと電話してきますね。あ、鼓。悪いけどお前も来てくれる？」

「はい！」

おそらくこのままにしておくと、また耳が出かねないと踏んだのだろう。

狸里が鼓を指名し、席を立たせた。

「あ！　鼓くんはここにいて〜」

「そうだそうだ！　雑用は狸里に任せて、お前はここにいろ」

だが、それは左右に座っていた女性と同僚の一言で止められる。

大和はこの様子に、ただただ茫然としてしまった。

これが合コンというものなら、一生参加したくないと思うくらい、内容が幼稚すぎて声も出なかったのだ。

しかし、ここで突然狐塚が動いた。

「あっれ～！　狸里さんじゃないっすか～‼　偶然ですね～」

「Buona sera」

わざとらしさ全開で、ドン・ノラと共に感激を露わにして、二人がかりでハグをする。

「え？　狐塚さんに、ど……⁉」

当然、何も知らない狸里は、いきなり二人が現れただけでも驚くだろうに、意味不明なハグをされて、すでに混乱気味だ。

「こんばんは。狸里さん。鼓さん。奇遇ですね」

そこへ負けじと大和も参戦。

「お疲れ」

「大和さん？　店主⁉」

さすがに狼からのわざとらしいハグはなかったが、大和からすれば、むしろこれが自然な友人関係に見える。

「え？　何、あのイケメン集団」

「狸里さんのお友達？」

「え？　お友達は、あの眼鏡くんだけでしょう。だってなんか、他の人は種族が違うレベルのイケメンよ」

するとと、目ざとい女性たちが、これ見よがしにコソコソし始める。

（うわ〜。確かに種族が違うっていうのは、当たってるけど。初見の、それも通りすがりの赤の他人まで、ナチュラルに見た目で振り分けにかかるって、どうなの？）

だが、ここまでくると、悪気も何もなく、単に思ったことを口にしてしまう、制御できる能力が欠落しているので、すべて言葉になるのだな――までと思ってしまう。

すると、大和がげんなりしている間にも、狐塚が鼓の肩を掴んで席から立たせる。

「なんだよ、鼓！　お前、自分が同じ会社に勤めてるからって、いつも狸里さんと一緒で狡《ずる》いぞ！」

「そうだそうだ〜」

「いや、そんなこと言われても〜」

ドン・ノラと鼓を挟んで、学芸会みたいなことになっているが、それでも絡むふりをして鼓を女性たちから救出している狐塚はプロ中のプロだ。

鼓は、予定どおりとはいえ、ここまでわざとらしさが先行するとは思ってなかったのだろう。もはや上司たちをギャフンと言わせるどころではなさそうだ。

どうやってこの場を終息させるのだろうと、逆に心配になってくる。

しかも、一向に状況が掴めないでいる狸里はと言えば、

「店主。何がどうして、ここへ？」

「いや、その俺は――。以前から、満月にでも外食をしようって話になっていたから。勉強にもなるし」

「え～。そうだったんですか⁉　だったら俺たちも誘ってくださいよ。〝飯の友〟の仲じゃないですか～」

「それはそうだな。すまない」

「いえいえ。さすがにこれは、冗談ですけど！」

ここへきて動揺しつつも、一番偶然に驚いているように見える狼の話をまるっと信じて、普通に世間話に花を咲かせていた。

次第に女性たちの目が変わってくる。

口々に「狸里さんのお友達？」「もしかして、向こうと合流したほうがよくない？」など厚顔《こうがん》無恥《むち》なことまで言い始める。

だが、これが係長には一番腹立たしかったのだろう。いきなり憤慨も露わにテーブルを叩いて立ち上がる。

「狸里！　何やってるんだ！」

「狸里？　そこにいるのは狸里なのか？」

だが、そうとう温度差の違う「狸里」への呼びかけが重なり合ったのは、このときで。

「だ、大膳《だいぜん》社長！」

呼ばれて戸惑う狸里より先に、彼を挟んで姿を見ただろう係長が声を上げた。

同時に、狸里の同僚二人がいっせいに席を立つ。

さすがに大和も（大膳社長⁉　それってオレンジストアの社長さん？）と、背筋が伸びる。

しかし、ここで現れたのは、すでに還暦《かんれき》を超えているだろう恰幅のよい男性、大膳だけではなくて――。

「あれ、大和？」

「――白兼店…長…、紫藤社長まで⁉　どうして、こちらに！」

大膳の背後から姿を見せたのは、白兼と〝自然力〟社長、紫藤司《しどうつかさ》。

これには大和も一気に血の気が引いた。

白兼よりも長身かつ年上の彼は、現在五十になるかならないかという男性だが、まったく中年という気がしない。

むしろ、四十代半ばだろう係長と比較しても、若く見える。

その上、精悍で艶やかで成熟した男の色香に溢れていた。

「いや、前に言っただろう。今夜は接待でって。あ！　そうか。というか、例のお友達って、狸里くんのことだったのか？」

「え？　あ、今その話は！」

これこそ、こんな偶然があっていいのか⁉　と思うが、それが必ずしもいいことだとは限らない。

大和からすれば、何もこんな茶番の真っ只中に、すべてを知っている白兼が現れなくてもいいのに——と、泣きたくなってくる。

「何？　どうかしたのか、お前たち」

「いえ。すごい偶然だねって話を」

それでも白兼は、状況を察して、紫藤からの問いかけを躱してくれた。

「それより大和」

「はい！」

だが、それでも社長から名指しでこられたら、もう無理だ。

大和は声が裏返りそうになりつつも、どうにか返事を絞り出す。

しかし、さすがにこればかりは、狼も狐塚たちもフォローができない。

ましてや鼓はあわあわ、狸里はポカーンだ。

「オレンジストアの狸里くんと、知り合いだったのか？」

「え？　あ、はい。たまたま、よく行く食事処で一緒になるもので。その、ご飯友達って感じのお付き合いをさせていただいてます」

こうなれば、聞かれたことに答えるしかないのは、社員の性だ。

親に交際の説明をしているようになってしまい、白兼にはクスクスされる。

「そうか。そうだったのか」

だが、ここで大和はハッとした。

「――あ、社長もご存じなんですか？　狸里さんのこと」

「まあな。けど、俺より専務のほうが付き合いが長いはずだ」

紫藤が視線を流すと、白兼はニコリと笑って話し始めた。

「彼とは前職のときからの知り合いでね。〝自然力〟を立ち上げるってなったときに、いろんな方からアドバイスをいただいたんだが。大膳社長もその一人で。ただ、そのときに、自分は全体的なことしかわからないから、店舗や市場のことなら彼に聞くといいって、紹介をしてくれて。彼は若いのに、驚くくらい自分の足で現場を見て、また時価の流れを把握している期待の新人だから、きっといい相談相手になってくれるよって」

さすがに、これは白兼が気を利かせて、大和のギャフン作戦に乗ったわけではないだろうが。

「そうなんですか！　それで⁉」

「実際、彼は本当に親身になって、また惜しげもなく俺たちに知る限りのことを教えてくれたよ。それこそ大膳社長から、〝ただし、ヘッドハントだけはしないように〟って、前もって釘を刺されていなかったら、間違いなく幹部のポストを用意して招いていたと思う。ね、狸里くん」

結果としては、どこの誰よりも、白兼が狸里の株を爆上げしてくれた。

大和は思いがけない話が聞けたことで、ギャフン作戦も忘れて、普通に食いつき、聞き入ってしまう。

しかし、ここまで褒められると、狸里も照れくさいを通り越して恐縮気味だ。

胸元まで上げた両手を左右に振って「そんでもないです」と示してみせる。

「そんな……。褒めすぎですよ。あのときは私の拙《つたな》い一の話から十を知るような白兼さんや紫藤さんがすごかっただけです」

「そういう謙虚なところや人柄がね、大膳社長」

「君にそう言ってもらえると嬉しいよ。紫藤くん」

そこへ紫藤に大膳までもが加わり、狸里を称賛したものだから、係長は膝から崩れ落ちて、同僚たちに支えられた。

だが、鼓でさえも、この降って湧いたような狸里称賛に驚愕しているのだから、係長のご機嫌取りで狸里を見下してきた同僚たちは、立つ瀬もないだろう。

「すごい！　狸里さんって、そんなにすごい方だったんですね！」

ただ、狼や狐塚たちから見れば、この場で誰より狸里を褒め続けていたのは、心から感心し、大喜びしている大和だった。

無邪気に喜ぶ大和の姿こそが、狸里を仕事ができる男としての株を上げ続けていた。

8

大和の緊張の糸が切れたのは、多国籍料理バルで社長たちが出ていくのを見送ったあとだった。

飲酒していたのもあり、そのまま爆睡。狼と狐塚はそんな大和を自宅に送り届けるべく、バルからそのまま大和のマンションへタクシーを走らせた。

そして、ドン・ノラだけは、そのまま代々木へ帰るのもあり、店を出ると駅へ向かう。たまに乗る電車も楽しいらしく、今夜は終始ご機嫌だった。

「それにしたって、見事に潰れちまったな。大和」

タクシーを降りたところで、狐塚がぽつりと呟いた。

大和は狼が背負っている。

「そりゃ、あんな茶番の真っ只中に、自社の専務だ社長だって現れたら、わけがわからなくなるだろう。ましてや、席は違えど同じ店内にいるってなったら、気が気でなくても仕方がない。実際、あまり飲み食いできていなかっただろうし」

マンションのエントランスからエレベーターホール、そして七階の角にある大和の部屋までは、両手をズボンのポケットに突っ込んだ狐塚が先導していく。

つい先日、彼は大和のところに居候をしていた。

このあたりは勝手知ったるなんとかだ。

月明かりが差し込む廊下を迷うことなく歩いていく。

「確かに――。それを考えたら、あのあと〝こちらはもう終わりましたので～〟って、勝手に会費払って合コンから離脱。社長たちの席へ、鼓を引きずって相席しに行った狸里の神経の図太さは、さすがだよな。血相を変えていた鼓には悪いが、笑っちまったよ」

コツンコツンと、足音が響く。

狼が歩くたびに揺れるだろうに、大和は微動だにせずぐっすりだ。

「本当にな――。というか、今回ばかりは、鼓が狸里を甘く見ていたとしか思えない。自分で、いずれは狸里が一族の長《おさ》だとかなんとか言っておいて、そもそもバケダヌキの一族だったことをなかったことにしすぎだ。仮に狸里が、会社の上司にいいように言われていたんだとしたら、それは狸里がそうさせているだけだ。きっと狸里にとっては、そのほうが都合がいいからで。どうして、それがわからないのか。大和はともかく、鼓がさ」

「まだそのレベルだから、狸里が人間社会で先輩しながら、教育してるってことだろう」

「あ、そうか」

そうして、小声でボソボソ話すうちに、二人は大和の部屋へ到着した。

狐塚は「ちょっと失礼」と言いつつ、大和のスーツのポケットから鍵を借りる。

部屋の扉を開く。

「――あら、大和くん。どうしたの」

すると、物音に反応していたのか、隣の部屋の扉が開いた。

声をかけて、様子を窺ってきたのは、一人の老女。

話は聞いているので、狼も狐塚も彼女が未来や永と劫が懐いた〝おばあちゃん〟であることは、すぐにわかった。

「こんばんは。出先で酔っ払って寝てしまったので、送ってきました～」

「どうも、初めまして。先日はうちの甥たちがお世話になりまして」

二人がそれぞれに挨拶をすると、おばあちゃんは周りを気にしつつも、「きゃっ」と両手で口元を押さえて、はにかんだ。

「もしかして、あなたが未来くんたちの叔父さん？」

「はい。お惣菜もありがとうございます。大和と一緒に食べさせていただきました。大変美味しかったです。特に昆布と油揚げの煮しめが自分好みで――」

「まあ、嬉しい。お味見の感想まで言っていただけるなんて。なんて素敵な方なのかしら。未来くんたちが天使ちゃんなら、さしずめ叔父さんは――。たとえようがないわ～っ。

うふふっ」

　ここで惣菜の感想をもらうとは思ってもみなかったのだろう、おばあちゃんは心から感激していた。

　その上、何かいいものを見たようにはにかみ、クスクスしている。

　狐塚もそれを見ながら、思わずつられて笑ってしまった。

　だが、狼だけは違う。

　挨拶を終えると、せっかくここで会えたのだから――とばかりに、

「そうだ。例の肉じゃがのめんつゆの件なんですが」

　改めて話を切り出した。

「っ！　はい」

　これにはおばあちゃんもハッとして姿勢を正す。

「実は、あれからいろいろと試してみたところ、どうしても今一つ足りなくて。俺が思うに。めんつゆ自体は現在お使いの寺田食品の濃縮五倍だとして、作り方に何か特別な工夫がされていたか、実は隠し味があったんじゃないかと思えるんですが。おじいちゃんが、何か加えていたような、心当たりはありませんか？」

　ただ、狼からの質問に、おばあちゃんはごめんなさいと言いたげに、まずは溜息を漏らした。

「まあ——。こんな、老い先短いおばあちゃんの思い出のために手間暇かけてくださって、本当にありがとう。でも、何もなかったと思うのよね。そもそも隠し味を考えるほど、料理に凝っていたわけではない人で。どちらかと言えば、余計なことを考えるのが面倒で、ラベルのレシピどおりにしていたんだと思うの」

「では、肉じゃがを作るときは、本当に豚バラだけだったんですか？　牛や鶏を使うことはなかったんですか？」

狼は尚も続けて訊ねる。

「肉じゃがは豚バラ。クリームシチューは鶏モモ。カレーは牛の切り落とし。ここだけはこだわっていたから、他はなかったわ。出来上がると、必ずそういう組み合わせ。三品とも同時に作ってたのに不思議よね」

すると、ここへきて狼は、初めての情報を耳にした。

カレーやシチューのことなら大和もメモを取っていたが、そこにこの言葉は書かれていなかった。

「三品とも同時に？」

「ええ。多分、面倒だったんだと思うわ。材料も肉以外変わらないし。でも、そうしたら、お肉を入れるタイミングとかで、違ってきちゃうのかしら？　それにしたって、カレーやシチューはちゃんと同じ味になるのに、どうして肉じゃがだけ違うのかしらね？　勿論、こっちは市販のルーをきちんと覚えていたからかもしれないけど」

おばあちゃんは、終始首を傾げながら、いったい何が違うのかと悩んでいた。

おじいさんの思い出の味というのもあるが、こうなると自分自身がモヤモヤしていて。スッキリしないというのもあるだろう。

「シチューとカレーは同じで、肉じゃがだけが違う」

狼が引っかかったところを口にする。

「なんの話だ？　謎解きか？」

ここへきて、初めて肉じゃがだのめんつゆだのという話を聞いた狐塚は、意味がわからなすぎて困惑してくる。

「あ、もしかして⁉」

「狼？」

「悪い、狐塚。大和を頼む。ちょっと確かめたいことができた」

「え⁉　おいっ！」

しかも、説明を求めても答えてもらえないところに、狐塚は狼が背負っていた大和をパスされた。

扉が開いているとはいえ、せめて中まで運べないのか⁉　と言ったところで、大和はすでに手の中だ。

それこそ狐塚は、大和を羽交い締めするように抱えることになり、むしろ、どうしてこの体勢で目が覚めないのか、そのほうが謎だと言いたくなってくる。

「すみません。今夜のところは、これで。お休みなさい」

「あ、ええ。お休みなさい！」

その場に狐塚と大和を残して、狼はとっとと帰ってしまった。

「ちょっ、狼！」

「う～んっ。狸里さん、すごいです～っ」

「うわっ、大和っ」

それでも大和に起きる気配はなく、むしろ夢でも見ているのかというほど、爆睡していた。

狐塚は仕方なく、おばあちゃんにドアだけ押さえていてもらって、

（嘘だろうっ！）

１Ｋの狭い通路をどうにかこうにか奥まで引きずって、ソファベッドまで到着すると、そこへ座らせながら転がした。

勝手なもので、大和は自ら布団を抱きしめて、気持ちよさげに「ムニャムニャ」言っている。

「ご、ご協力、ありがとうございました」

狐塚は疲労困憊の中、それでも隣人に礼は尽くした。

「どういたしまして」

おばあちゃんはどこまでも嬉しそうに、そして楽しそうに笑っていた。

＊　＊　＊

翌朝、大和は誰かに呼ばれて目が覚めた。

「やーまーとー。やーまーとー」

いつかどこかで聞いた声。

かったるそうで、恨めしそうで、そのくせどこか可愛らしい。

（……んん？　こんちゃん？）

そんなはずはないと思いつつ、薄目を開けたら片側の目をガッと両手で開かれる。

「うわっ⁉」

思わず声が上がるも、片目は開かれたままで、そこへ顔が寄せられる。

裸眼な上に近すぎてよくわからないが、視界にいるのは間違いなく省エネサイズの狐塚、こんちゃんだ。

どうして彼がここに、それも自分のベッドにいるのかはわからないが、それより大和は愛らしい子狐の姿がはっきり見えないことに苛立ちを覚える。

こんなときでも、可愛い姿だけはきちんと見たい！　と思ってしまうのは、もはや可愛いもの好きなヤクザな兄貴にも負けず劣らずだ。

「起きたか？　〝飯の友〟から急用だって、烏丸が飛んできたぞ」

「え……？　え⁉」

だが、いきなり続きのことに驚くも、今度は無理矢理目線をベランダのほうへ向けられた。

だが、やはりこれでは見えないので、枕元に置いていた眼鏡を取ってかける。

すると、確かに物干しに鴉が止まっている。

「――え⁉　烏丸さん」

慌ててソファベッドから下りて、テラス窓を開ける。

すると、そこには確かに烏丸がいた。

彼が運んできたのだろう、風呂敷に包まれた荷物もある。

「おはようございます。店主から急ぎ、預かってまいりました。おじいちゃんの肉じゃがです。ぜひ、おばあちゃんに味見をしてほしいとのことなんですが、その前に説明も託《ことづ》かってまいりましたので、まずは大和さんにお話しさせてください」

「――はい？」

起き抜けなこともあり、最初大和は状況がまるで飲み込めていなかった。

なので、申し訳ないと思いつつ、先に洗顔と歯磨きだけさせてもらった。

それでも昨夜の酒が残っているのか、普段のようなスッキリとした目覚めがない。

しかし、そんな状況であっても、謎解きのような「おじいちゃんの肉じゃが」の説明を聞くと、大和は幾度も「え⁉」「ええっ⁉」と声を漏らした。

そして、話を最後まで聞き、おばあちゃんのところを訊ねたときには、大和自身が驚きの連続で、すっかり目が覚めていた。

「まあ！　未来くんの叔父さんがこれを私に？」

「はい。朝早くからすみません。ただ、狼さんが十中八九これではないかってことで、早朝に届けてくださいました。なので、まずは試食していただけたら」

「そうなの⁉　ありがとう。そしたら、すぐにいただくわ。上がって上がって」

大和はおばあちゃんに誘われるまま、おじいちゃんの遺影のある部屋へと上げてもらった。

先日同様、真っ白な収納棚の仏壇には花が飾られ、すでにご飯とお水も置かれている。

「――あ、ちなみにこれは、おばあちゃんも使っていた寺田食品の濃縮五倍めんつゆです」

「そうなの？　そうしたら、やっぱり、お肉を入れるタイミングとか、そういうことだったのかしら？　いただきます」

そうして、運命の試食タイム。

大和の脳内では、ドラムロールが鳴り響くようだった。

おばあちゃんは、部屋に通した大和と向かい合うようにして座って、なんだかワクワクした顔で箸を手に取る。

そして、ほくほくに煮られたジャガイモを頬張ると、口内に入れた瞬間にハッと両目を見開いた。

そこからは、じっくりしっかり味わい飲み込んでいく。

「——なんとなくだけど、いつもより少し甘く感じるわ。旨味みたいなものも、大分近くなってる気がする。けど、え？　どうして？　うちのと同じめんつゆなんでしょう？　材料も同じで、いったい何が違うのかしら？」

おばあちゃんの反応から、大分おじいちゃんの味に近づいたことがわかる。

なので、大和は羽織ってきたパーカーのポケットに入れてきた小瓶を取り出して、卓上へ置いた。

「そうしましたら。試しにこれをかけて食べてみてください。狼さんが言うには、更に近くなるんじゃないかって話です」

「旨味三昧？」

今になってこれが出てきたことに、おばあちゃんはただただ驚いていた。

それこそこれはアミノ酸系の旨味調味料で、仕上げに振ることで旨味が増す。

ただ、おばあちゃんが「旨味だか甘さだかが足りない気がする」と言っていたことを考えるなら、すでに試していても不思議はない。

それほど一家にひと瓶、普通に置かれているような、手軽で美味しい調味料だ。

おばあちゃんが、半信半疑でパッパとふりかけ、再びジャガイモを頬張る。

「——!?」

すると、今度は噛むのも飲み込むのも早かった。

「この味。そうよ！　でも、どうして？　旨味三昧なら、これまで私も試しているはずなのに。やっぱり、煮込み方が違うの？　それとも他に隠し味でも見つけてくださったのかしら？」

興奮気味に出てきた感想も早い。

座卓に手を突き、前のめりになるおばあちゃんに、大和も安堵と歓喜が隠せない。

「よかったです！　実は、隠し味というか、最初にたっぷりの野菜だけを煮込むときに、そこからカレーとシチューも分ける分を考慮して、少しですがコンソメが入っていたんじゃないかってことでした」

大和は、烏丸を経由して説明された、狼の推理を伝えた。

「コンソメ？」

「はい。おばあちゃんは、どんなに多く作っても、一度に三種類は作らないじゃないですか。だから、カレーやシチューを作るときには気持ち入れているコンソメを、肉じゃがでは入れてない。それで、カレーやシチューは再現できていたのに、肉じゃがだけが物足りない感じに仕上がっていたんじゃないかな？　ってことらしいです」

おばあちゃんは、具体的に説明をされても、かなり戸惑った。

「――え!?　どうして、そんな……作り方までわかってしまうの？　でも、言われたらそうだわ。私は一人だし、おじいさんみたいな一度にたくさんっていう作り方はしていなかった。コンソメも――、そう。確かにカレーやシチューにはちょっと入れてる。おじいさんが入れていたのかどうかはわからないけど、いつも台所には置いていたから」

狼は、これまでに聞いていた話から、これらのことを想定したのだろうが。当てられたほうからしたら、驚きや感動と同じくらい怖いだろう。

それこそ「見てたの？」と聞きたくなっても、その気持ちのほうが大和はわかる。

共感できるからだ。

「――で、あとは、仕上げの旨味三昧ですね。ここはおそらく、おじいちゃん的には隠し味というよりは、習慣でパッパしてたんじゃないかって想像してましたよ」

ただ、そんな気持ちがわかるだけに、大和はこれらがすべて狼の想像であることを強調した。

どこにでもあるような家庭のキッチンの風景であったり、料理の仕方であったり。

また、それと同時におばあちゃんから直接話を聞いたことで、こうした想像をして、結果に辿り着いたのではないかと――。

「そうだったの。なんだか灯台もと暗しっていうのに近いのかしら？　本当に、特に何っていう、凝ったものを入れていたわけじゃなかったのね」

おばあちゃんは、改めて溜息をつくと、そのまま視線を遺影に向けた。

「凝ったもの入っていなくても、おばあちゃんへの愛情はたっぷり入ってますよ」

大和も一緒になって視線を向ける。

そして、

「狼さんも言ってました。これでも違うとなっても、それはそれで正しいし正解なんだって。どんなメーカーにも、料理人にも、おじいちゃんの愛情が利いた味はそっくり同じようには作れないからって」

大和は、最初に狼が言っていたことも、おばあちゃんに伝えた。

おじいちゃんにも届くといいな――と、願いながら。

「大和くん。そうしたら、これからはこの肉じゃがが、おじいさんや狼さん、大和くんの愛情がこもった家の味。思い出の味になっていくのね――」

おばあちゃんは、味見でもらった肉じゃがを容器ごと手に取りながら、一度仏壇に差し向けた。

「そしたら僕、狼さんのところへ戻って、そう報告しておきますね」

そして、ちょっと泣ぐんでお礼を言ったあとには、

「ありがとう。本当に――」

「私も真似て作ってみるから、また大和くんも試食してね」

嬉しそうに笑った。

おばあちゃんのところから自室へ戻ると、大和は烏丸に「大成功」を報告。

一足先に、狼へ伝えてもらうために〝飯の友〟へ飛んでもらった。

そして、改めて自分も狼へのお礼をしに出かける準備をすると、

「狐塚さん。狐塚さん」

「……くー」

「仕方ないですね。勝手に運んでいきますからね」

どうして大和の部屋に泊まっていたのかは、いまだにわからないが、——よほど昨夜は飲んで、はしゃいで、妖力不足が見て取れたから、自分がまたお節介をして、ここへ連れてきて泊めたんだろうな。

くらいにしか思っていなかった大和は、いつになく寝起きの悪い省エネサイズの狐塚をリュックに入れて、自分も〝飯の友〟へ向かった。

本日は通常の休日で、明日は遅番だ。

また一日半、未来たちとゆっくりしながら英気を養える。

そう思うだけで、大和の足取りは軽快なものとなった。

また、烏丸からは「このまま来られるようでしたら、朝食の支度もしておきますので」と言ってもらったこともあり、大和はますます張り切って狭間世界へ飛び込んだ。

そして〝飯の友〟で朝食をいただきがてら、狼から更なる謎解きの解説を聞く。

「おばあちゃんの話じゃないですが、コンソメとは。まさに灯台もと暗しですね。確かに僕のうちにも普通にあります。実家にも今の部屋にも。でも、だからといって、コンソメも何社か出してますよね？　もしかして、ここも全部試したんですか？」

大和は、昨夜帰宅後に狼が「おじいちゃんの味」に辿り着いたと思われることから、今朝も肉じゃが定食を覚悟してきた。

場合によってはカレーライスかもしれないし、クリームシチューかもしれない。

いずれにしても、「これだろう」と思えるコンソメが見つかるまで、ある程度は試作していると思ったからだ。

しかし、本日の朝定食は豚汁定食。

卵かけご飯に、子持ちシシャモと冷や奴、そしてきゅうりのぬか漬けに、ご飯のトッピング用なのか、ピリ辛甘い豚のネギ味噌炒めまでついていた。

豚汁のベースは肉じゃがのそれだろうが、そこへ油揚げやささがきごぼうが足されており、めんつゆに加えて味噌仕立てになったことで、がらりと印象が変わっている。

これもまた灯台もと暗しだ。

大和は「この手もあったのか！」と、内心感動しながらいただいた。

（うううううっ。身体に残った怠さが吹き飛ぶようだ。豚汁って、卵かけご飯って、こんなに美味しかったっけ⁉　豚のネギ味噌炒めの卵かけ味変もめちゃくちゃいい！　シシャモは程よい塩気がたまらない！　箸休めの漬物と冷や奴が、いっそう次の一口を美味しくしてくれる！　そして烏丸さんが淹れてくれるお茶がまた美味しい！　身体が大喜びしてるのがわかる！）

日本人に生まれてよかった！　と、心から思う瞬間だ。

「大和が聞いてきてくれたヒントや、狸里からもらってくれた情報も大きかったんだ」

すると、嬉しそうに朝食を頬張る大和の前に、今度は市販のコンソメ顆粒やキューブの容器がカウンター上に並び始めた。

しかし、この展開はすでに予想していたので、大和はそのまま会話を続ける。

「ヒントや情報ですか？」

「亡くなったおじいさんとおばあさんの金婚式が五年前ってところで、まずは三十年以上前から定番とされているメーカーのめんつゆを、狸里からもらっていたオレンジストアの取扱商品リストと照らし合わせて絞り込んでいったんだ。そして、これらのものと同じ時期には定番化していたコンソメをピックアップすることで、最終的に三社くらいまで絞り込んでいった。業務用とかではなく、あくまでも一般家庭用の商品で」

そうして候補に挙がったのだろう、三種類のコンソメが大和の目の前に置かれた。

自身の購入履歴にあるかないかにかかわらず、すべて昔から売り場で見かける大手メーカーの定番かつ主力商品だ。

「――で、もっとも甘みがあるものと旨味を感じるものを試して、ここは甘みのほうかなとなった。砂糖やみりんを足すことは最初から考えづらかったし、旨味だけならこいつで補えるんじゃ？　と思って。試しに旨味三昧を振ってみたら、バランスが取れたんだ。それで、これを俺が思うおじいさんの味ってことで、完成品とさせてもらった」

そうして、最終的に「これだろう」とされたのが、A社が出しているキューブ型のコンソメ。

その隣に、卓上瓶に入った旨味三昧が置かれる。

「それで再現できるなんて、やっぱりすごいです。しかも、コンソメだけでなく、最終的に旨味三昧に辿り着くってところが」

「何だかんだ言って、こいつが一番古い食卓の定番だからな。もしかしたら、無意識のうちに振っている可能性があると思っただけだ」

しかし、ここで大和は疑問に思い聞き返した。

「一番古い？」

――旨味三昧が？

自分が生まれたときには、どれも発売されていた商品だったが、そうしたイメージは抱いていなかったからだ。

「今回あれこれ試すうちに、調べていったら、そんな感じだった。そもそも、めんつゆは、一九五二年に中京地方のメーカーがつゆの素として販売したのが最初だと言われているんだが。大和から、おばあちゃんは夫婦揃って東京生まれの東京育ちだと聞いていたから、それなら一九六三年に東京のメーカーから売り出されたもののほうが、馴染みがあるだろうと思って。そうなると、この頃に出ているのがH社と寺田食品のめんつゆだったんだ」

ここで狼が、今回の肉じゃがのベースになった寺田食品のめんつゆも並べた。

「ただ、実はそれ以前からあるのが、この旨味三昧で。寺田のめんつゆを使っているなら、ごく普通にこれも使っていて不思議がない。メーカーのレシピどおりに作ると言っても、カレーやシチューに関しては、煮るときにちょっとコンソメを足してぐらいは、する人が多いだろう。なんせ大手メーカーのコンソメに関しては、関東のめんつゆ発売の前――。一九五八年くらいに出ているから、むしろめんつゆ以前から、家庭の定番調味料としてキッチンに置かれていた可能性があると思って」

説明と共に発売順に並び替えられるも、やはり大和は納得よりも先に驚きが起こった。

「え⁉　そうしたら、発売順的には旨味三昧、コンソメ、めんつゆだったんですか？　コンソメって西洋出汁なのに？」

「日本にはもともと鰹節やいりこ、昆布なんかの出汁があるからだろう。そう考えたら、めんつゆは合わせ調味料であって、出汁じゃない」

「あ、そうか。それまでは出汁と調味料で作っていたものを、一本化したのがめんつゆってことですもんね」

ここでようやく合点がいった。

自分が生まれる前、それこそ昭和の家庭の食卓なら、今よりもっと和食思考だろうと考えていたが、だからこそ――なのだ。

言われてみれば、実家の母はめんつゆも使うが、だからといって鰹や昆布だし、酒、みりんを使っていなかったわけではない。

これはこれで使い分けていたし、煮切りやかえしと呼ばれるものも、作る料理によっては自分で煮立てたり合わせたりしていた。

今でも普通にそれをする人は多いだろうし、めんつゆは便利で買っておいても、それはそれでこれはこれな使い分けをしている家庭も少なくないはずだ。

それこそ、これだけめんつゆ大好きな狼でさえ、単体の出汁や調味料も使っている。

「そういうことだ。それにしたって、人間の食への発想と探究心は素晴らしいよ。出汁にしても、調味料にしても。インスタントやレトルトにしても。食が生きる上で不可欠なのは確かだが、それを楽しみにし、また手軽に味わえるようにと考えるのは、人間くらいなものだ」

ただ、狼である彼が、こうして人間たちが続けてきた努力の結晶を、好んで使ってくれることは嬉しかった。

それも大和からすれば、人間である自分以上に使いこなしてくれているのだから、頭が上がらない。

——と、そんなときだった。

「大ちゃん大ちゃん！　大変！　未来、大ちゃんのデザートを採りに行こうとしたら、母屋の前にこれが置いてあった！」

店の裏口からいきなり未来が飛び込んできた。

これ、と言って見せてくれたのは、空の水袋とリンゴ三個だ。

「それは――、僕が落としたやつ」

「そう！　誰が拾ってくれたんだろうね。でも、中は空なの。洗ってあるの」

大和は瞬時に、あのときのちびっ子コヨーテ二匹と赤ちゃんコヨーテの姿を思い起こした。

しかし、きちんと飲み終えて中を洗って返してくれたとなると、あの場では見なかったが変化ができるのか、そうした仲間のコヨーテが手伝ってくれたのだろうと想像できた。

一番考えられるのは、リーダー格のコヨーテだ。

「本当だ。そうしたら、これを見つけたコヨーテさんたちが、いただきますしたのかな？　このリンゴって、コヨーテさんたちの縄張りにあったのと同じだし」

ただ、実際がどうあれ、大和はこうして水袋がリンゴつきで戻されたことが、すごく嬉しかった。

落ちていたのを拾った、人間から奪った、またはもらった。

いずれの解釈であっても、こうしてお礼つきで水袋が返されたのは事実だ。

少なからず、あのときの大和の判断が彼らの役に立ったのだろうから――。

「え〜っ。そしたら、意地悪コヨーテがちゃっかりコヨーテになっちゃったってこと？」

「ちゃっかりではなく、我々が思うより義理堅い方たちだったのでしょう。こうしてお礼まで置いていくなんて。こちらからすれば、水袋が戻ってきただけでも、ラッキーですのに」

首を傾げる未来に対して、裏口から入ってきた烏丸が笑ってみせた。

彼の両手には、まだ眠たそうにしている永と劫が仔犬姿で抱かれており、そのまま座敷に置かれたサークルの中へ寝かされる。

そこには敷き布団が置かれていたこともあり、省エネ狐塚も寝かされていて、いまだ爆睡中だ。

三匹並んだところへ、烏丸がタオルケットをかけていく。

狐塚には申し訳ないと思いつつ、みんな可愛くて、大和の顔が自然とニヤける。

「そしたらこれって、お礼なの？　牛乳の？」

ただ、コヨーテにはさんざん振り回され、挙げ句空へ飛ばされた未来は、いまいち納得がいっていないそうだ。

「きっとそうだよ。あのときは、僕らが間違えて縄張りに入ってしまったから怒ってたけど。そうでなければ、牛乳とリンゴを取り替えてって言われていたのかもしれないよ」

「そうなのか〜。そしたら、今度は最初から〝交換しよう〟って言ったら、あそこへ行っても怒られないのかな？」

それでも大和が仮説を立てると、未来は素直に受け止めた。

「怒るどころか、仲良くできるのかもよ」

「本当！」

「そしたら、あとでまた、牛乳でも他のものでも持っていってみる？」

「うん！　行く‼」

結局、こりもせずにまた行くのか！　と、狼が利き手で額を押さえて、耳を垂らしていたが、そこは烏丸が微笑みながら「今日は私が付き添いますよ」と口添えしてくれた。

「じゃあ、未来くんも早く朝ご飯食べて。準備しよう」

「はーい！　あ、狼ちゃん。これ皮剥いて！　ご飯のあとにみんなで食べよう。ね！　大ちゃん」

大和は未来に「うん」と頷くと、手元にまだ残った食事を再開した。

椀を持って豚汁を食べ終えてしまうと、狼が剥いて出してくれたリンゴを頬張り、未来と一緒に「美味しいね」と微笑み合った。

今日も充実した休日が過ごせることは、間違いがないようだ。

本書は書き下ろしです。

SH-061

ご縁食堂《えんしょくどう》ごはんのお友《とも》
仕事休みは異世界へ

2021年12月25日　第一刷発行

著者　日向唯稀《ひゅうがゆき》
発行者　日向晶
編集　株式会社メディアソフト
〒110-0016
東京都台東区台東4-27-5
TEL：03-5688-3510（代表）/ FAX：03-5688-3512
http://www.media-soft.biz/
発行　株式会社三交社
〒110-0016
東京都台東区台東4-20-9　大仙柴田ビル2階
TEL：03-5826-4424 / FAX：03-5826-4425
http://www.sanko-sha.com/

印刷　中央精版印刷株式会社
カバーデザイン　長崎 綾（next door design）
組版　大塚雅章（softmachine）
編集者　長塚宏子（株式会社メディアソフト）
印藤 純、菅 彩菜、川武當志乃、山本真緒、引地ゆりあ（株式会社メディアソフト）

ISBN 978-4-8155-3532-2

SKYHIGH文庫公式サイト　◀著者&イラストレーターあとがき公開中！
http://skyhigh.media-soft.jp/